鬼同心と不滅の剣
始末屋異変

藤堂房良

コスミック・時代文庫

この作品はコスミック文庫のために書下ろされました。

目次

第一章　白骨の女

一

土のなかから掘りだされたのは、白骨化した人体だった。白骨とはいっても、骨はやや褐色がかっていた。

「骨盤《こつばん》でわかるが、女だな。骨の具合からみると……」

柴田玄庵《しばたげんあん》が、手にしていた腕の骨を石に叩きつけて砕いた。そのあと、骨の破片や割れ口などをじっと見詰め、あるいは指先で触ったりなどしていたが、

「はっきりとはいえぬが、まだ若いかもしれぬ」

といった。

玄庵は、南町奉行所と検視の申し合わせを取り交わしている蘭方医《らんぽうい》で、歳は五十代半ば。蟷螂《かまきり》のように痩《や》せていて猫背ぎみの、気むずかしい人物だ。

若い医生が脇につき添っていて、玄庵がいうことを洩らさず帳面に書き取っている。

場所は小塚原町《こづかっぱらまち》の林のなかで、骨をみつけたのは、自然薯《じねんじょ》を掘りにきた近くの百姓だった。

自然薯は地下深くにまっすぐ伸びるため、下手《へた》に引き抜こうとすると途中で折れてしまう。そうなると売りものにはならないので、専用の道具でまわりを深く掘って取りだす。

骨が埋めてあったのは、地上から三尺三寸（約一メートル）ほど掘り進んだあたりであった。

芋《いも》は、肋骨《あばらぼね》の脇を突き抜けるように伸びていた。

奉行所の足軽によって掘りだされた骨は、人の形に筵《むしろ》にならべられていて、そのまわりを取り枠《かこ》むようにして、南町奉行所同心が覗《のぞ》きこんでいる。そのなかに、定町廻り同心雁木百合郎《かりきゆりろう》や岡っ引きの吉治郎《きちじろう》もいた。

岡っ引き見習いの江依太《えいた》は膝に両手をついて腰を屈《かが》め、骨を取りだすために広げられた深い穴を興味深そうに覗きこんでいる。

林は深く、ほとんどの樹木は葉を落としているが、松や杉などは半分枯れかかった葉や深緑の葉をつけていた。

吹き抜ける冷たい風がそれらをざわつかせていた。

餌《えさ》でもみつけたのか、鵯《ひよどり》がかしましく囀《さえず》っている。

「骨はすべてそろっているようだな」

といって玄庵が首の骨を指差した。

「ここをみてみろ」

首の骨が折れている。

「これは両手で絞めたときに折れたとみていいだろう」

「すると、だれかがこの女を殺してここに埋めた、と……」

百合郎がいった。

「いつごろ殺されたかまではわからぬ。まあ、一年前後だろうとは思うがな。蘭方でも骨のことはまだよくわかっておらぬのだ」

玄庵がいった。

骨だけでは殺して埋めた日時などはっきりしないし、女だとはわかったが、歳も顔貌《かおかたち》も不明だ。

「下手人《げしゅにん》をあげるのは無理のようだな」

百合郎の同僚が呟《つぶや》いた。

「頭の骨にこう……粘土かなにかをくっつけて、元の顔がわかるようにはできないものですかねえ」

「夢は寝て観るもんだよ、雁木同心」

いって玄庵が笑った。だがすぐに笑いを引っこめ、

「あんがい夢ではないかもしれぬな」

といって軽く頭をさげ、待たせてあった駕籠《かご》に乗りこんだ。薬籠《やくろう》を提《さ》げた医生が駕籠の脇についていった。

骨は筵にくるまれ、玄庵の駕籠を追うように、南茅場町《みなみかやばちょう》の大番屋へ運ばれていった。そこで骨についた土を洗い流し、もう少し詳しく検視されるのだが、下手人を特定できるなにかが出てくるとは思えなかった。

屍体は裸に剝《む》かれて地中深く埋められたようで、着物の切れっ端や、髪飾り、埋めるとき下手人が落としたらしいものなどはみつかっていない。

「なにをみてるんだ江依太。引きあげるぞ」

穴を覗きこんでいた江依太に百合郎が声をかけた。

「随分《ずいぶん》と深く掘って埋めたものだと思いましてね」

たしかに、自然薯が掘られなかったら、骨はみつかってはいなかっただろう。犬の鼻でも嗅《か》ぎつけられないような深さだ。

「なにを考えてる」

江依太は眉間《みけん》にしわを寄せていた。

そばにいた吉治郎もそれに気づいたようで、懐手《ふところで》で江依太に顔を向けた。

「なに、大したことじゃねえのですがね」

「いってみろ」

江依太は同心見習いで十八歳だが、妙なことが閃《ひらめ》き、それに頼って探索した結果、解決した事件も多い。

「殺しはべつとして、掘った穴が深すぎやしねえかと」

「深いとなにかあるのか」

百合郎は、穴が深いことでなにかが閃くことはなかった。

「女を殺したあと、下手人はここまで屍体を運んできたわけでしょう」

「ここに女を呼びだして殺した、とも考えられるがな」

吉治郎がいった。

三人は林を抜け、田圃道《たんぼみち》に出ていた。

稲が刈り取られた田圃は干あがり、残された株が霜《しも》で黒ずんでいる。群れをつくって落ち穂を啄《ついば》んでいた雀《すずめ》も、いまは一羽もいない。真っ青な空には鳶《とび》が飛んでいた。

「どちらにせよ、埋めるのなら早く埋めて立ち去りたいのが人情でしょう。それなのに、あれだけ深く掘ってます」

「なにがいいてえのだ」

「着物を剝《は》ぎ取って裸で埋めているところといい、深く掘って屍体を隠しているところといい、女を殺したあとの動揺というか、心の乱れがまったくみえねえ。淡々と、女を埋める仕事をこなしているような気がするんですよ」

「仕事をこなす……か」

百合郎の問いかけには答えず、腕を組んだままぶらぶらと歩いていた江依太が、足をとめて振り向いた。

「旦那《だんな》は『始末屋《しまつや》』というのに聞き覚えはねえですかい」

「始末屋って、吉原《よしわら》に巣くう連中のことか」

吉原には、借金を取り立てたり、遊客や遊女の不始末の尻ぬぐいなどを生業《なりわい》にしている『始末屋』と呼ばれる者たちがいる。吉原での客の借金は、遊女屋の主

人が、

「借金を払ってくれるよう、客に命じてくださいまし」

と訴えても、奉行所では取り扱ってくれない。遊女屋の揚代《あげだい》には決まりがなく、どれほど下駄《げた》をはかされているかわからない揚代を払ってやれとは、いかな奉行所でも、命じられないのだ。そのため妓楼主は、『始末屋』と呼ばれる者たちを雇い、借金を取り立てている。

「いえ、おいらが聞いた話だと、人殺しや、なんらかの事件の後始末をし、なにもなかったことにする商いだとか」

百合郎と吉治郎が顔を見合わせた。

百合郎はそんな『始末屋』などという商いにはまったく心あたりがなかった。それは吉治郎もおなじらしく、怪訝《けげん》そうな顔で江依太をみている。

「おまえ、どこでそんな情報《ねた》を仕入れてきたのだ。吉原の借金取りなどとは、桁《けた》ちがいの話じゃねえか」

江依太は話すのを躊躇《ためら》っていたが、やがて、

「安食《あじき》の辰五郎《たつごろう》」

といった。

「安食の……」

安食の辰五郎というのは博徒《ばくと》の元締めだ。

『牙貸し《きばか》』という人殺し集団の話を聞きにいったとき、江依太とは気心がつうじたようで、あれから時々会っては飯などを食わせてもらっているのを百合郎も知っていた。

江依太がどこまで本気で岡っ引きになろうとしているのかはわからない。けれども心底本気なら、裏者とのつながりは欠かせない。

だが、行方《ゆきかた》がわからなくなっている江依太の父、三左衛門《さんざえもん》がみつかれば、江依太は岡っ引きをやめるだろうと百合郎は考えていた。

三左衛門も、娘のお江依が岡っ引きをつづけることを許すとは思えない。

江依太は男装をしているが、実は女で、名をお江依という。

いままでは辰五郎と会っていることを、百合郎が咎《とが》め立てしたことはない。だが裏者と懇意《こんい》になることがどういうことか、真剣に考えておけ、と江依太にそれとなく伝えておいたほうがいいかもしれない。

裏者とのつながりができれば、堅気《かたぎ》になったとき、お江依の身に災難が降りかかることも、ないとはいえない。

「詳しく話してみろ」

「安食の親分も実態をつかんでいるわけではなく、噂《うわさ》が耳に入っただけだとか」

「穴を深く掘って女の屍骸《しがい》を埋めたのは、その始末屋だとおまえはいいてえのか」

「始末屋が実在するかどうかさえわかっていないので、はっきりはいえませんが、埋めた奴の手際がよすぎませんか」

「たしかになあ……素人《しろうと》がやったのなら、慌てるだろうし、着物を剝ぐにしても、財布はともかく、落とした櫛《くし》や簪《かんざし》を残らず拾っていく余裕はねえだろうな」

　吉治郎がいった。江依太の説にかたむきかけているようだ。

　もしも『始末屋』と呼ばれる者がいるのなら、だれにどのような連絡《つなぎ》をつければ雇えるのか。だれでもが雇えるとなれば、奉行所の目を眩《くら》ますのも難しくなる。

　そういう者がいるとは俄《にわか》には信じられなかった。が、いるはずがないと思われた『牙貸し』は実在した。

　――いない――。

　と、簡単に決めつけるのは危険なような気もする。

　万にひとつ、人殺しの後始末をする『始末屋』なる者がいるとすれば、気がかりなことがないでもない。

　これまでにどれほどの人殺しが夜陰《やいん》に乗じて行われているのか、それである。仮に五体の屍体が始末されたとしたら、五人の人殺しが野放しになっていることになるではないか。

『始末屋』に屍体の後始末を頼むような人物なら、大金持ちにちがいない。

　大金でおのれの罪を拭《ぬぐ》い去り、のうのうと生きているのは、一直線莫迦《いっちょくせんばか》の雁木百合郎にとっては、決して許されないことであった。

「吉治郎、始末屋とやらが実在するかどうか、たしかめる方法《て》はねえか」

「実在するなら、あっしの耳にも入ってるはずなんですがねえ……」

　といってやや考え、

「ようございます。あっしの知っている裏者に手を廻してあたってみやしょう」

　と請けあった。

「頼む」

　吉治郎は頭をさげて百合郎たちからはなれ、田圃の畦道《あぜみち》を去っていった。背を丸め、寒そうであった。

「奉行所には失踪人を届け出た名簿のようなものがあるのではないですか」

江依太が懐手をしていった。

「おれもそれを考えていたところだがな。月番がちがえば、北に届け出たかもしれねえ。仮に南に届け出てあったとしてだ、名簿をみて、こいつに歳が近いと睨《にら》みをつけても、骨では、届け出た者にたしかめてもらうわけにもいかねえしなあ」

百合郎は黙ったまましばらく歩いていたが、

「なにかいい知恵は浮かばねえのか。おめえのその変てこりんな頭によ」

といった。

百合郎と江依太は小塚原の田圃を抜け、円通寺《えんつうじ》の裏にきていた。右手には伊勢《いせ》亀山藩《かめやまはん》六万石の下屋敷の塀と、その向こうに広大な欅林《けやきばやし》がみえていた。欅はほとんどの葉を落とし、方々の枝に作られた鴉《からす》の巣らしいのが丸みえになっている。姿はみえないが、どこからか鴉の鳴き声が聞こえていた。

「なにも。頭のなかには冷たい風が吹き抜けているだけです」

江依太が渋い顔をしていった。

「こんなときほどおのれの無力さを思い知らされることはねえが、あいつならなにか知ってるかもしれぬな」

若い二人の坊主が向こうから歩いてきた。

軽く頭をさげた二人が顔をあげ、驚いた。そのまま擦《す》れちがったが、うしろから、

「なんだ、ほんとうに人間か。まるで生き人形のようだな」

「それに比べてお役人の方は、鬼瓦《おにがわら》……」

と話す声が聞こえてきた。

「こら、聞こえてるぞ」

百合郎が振り返り、大声で叫んだ。

坊主二人は悲鳴をあげ、走り去った。

百合郎は声をあげて笑っている。

「おからかいになっちゃ、可哀相《かわいそう》じゃねえですかい」

といった江依太も笑っている。

二

百合郎が訪ねたのは、神田花房町《かんだはなぶさちょう》に店をかまえる『吉辰屋《よしたつや》』という読売屋《よみうりや》であ

った。近ごろでは『読売』を『瓦版《かわらばん》』と呼ぶようになったが、呼び名が変わろうと、心中《しんじゆう》や仇討《あだう》ちなどの事件を絵入りで大げさに記した、手軽な読みものには変わりない。町々の辻で、読売の内容に節をつけて語りながら販売したが、読売で心中を扱うのは御法度《ごはつと》だった。そのため、それとわからぬように粉飾《ふんしよく》してほのめかせた。

幕府を誹謗中傷《ひぼうちゆうしよう》する瓦版の販売も禁止されていたが、なかには締めつけをものともせず、密かに売る瓦版屋もいた。

『吉辰屋』は、扱うことを幕府から許されている事件さえも人心を煽《あお》るような書き方はせず、地味な読売として知られている。だが、じっくり読めるとあって、それなりの客をつかんでいた。

「これはおめずらしい……」

百合郎が暖簾《のれん》をくぐると、刷りたての瓦版をみていた主人の吉辰が顔をあげた。

頬骨が突き出た長い顔で、とがった鼻の先が上を向いている。眉毛は細く、小さな目を覆《おお》うように瞼《まぶた》が垂れさがっている。鼻の下が短く、その分顎《あご》が長い。

一見すると、眠そうな間抜け面《づら》だが、この男、江戸では知られた情報屋《ねたや》なのである。

吉辰の売る情報《ねた》は、例えばある藩なら、その藩のだれとだれが結託しているとか、次の殿さまはだれが有力で、だれがうしろ盾《だて》で、どのような内紛の種を抱えているなど、多岐《たき》にわたっている。それも、ひとつの藩だけではなく、さまざまな藩の事情につうじている。かと思うと、吉原のある花魁《おいらん》の情人《いろ》はだれで、某饅頭屋《まんじゆうや》の栗《くり》饅頭が好物だから、それを持って揚がればもてるなど、下世話な情報にもこと欠かない。

こういった情報を吉辰は裏で売り買いしているわけだが、表立っては宣伝していないため、このことは、知る人ぞ知る、に留《とど》まっている。

吉辰が江依太に目を向けた。

なにごとにもたじろがない吉辰だが、江依太には驚いたようで、

「なるほど噂には聞いておりましたが、まさに生き人形……噂はまことでございましたな」

といって満足そうにうなずいた。

「すでに知っているようだが、江依太だ」

と、吉辰に紹介したあと、江依太に向かっていった。

「おめえは吉辰に会うのは初めてだったたな。この男をどうみる。正直にいっても

いいぞ」

吉辰が軽い笑みを浮かべてうなずいた。

「俊寛《しゅんかん》」

江依太が即座にいった。

俊寛は、平安時代末期、鹿ヶ谷《ししがたに》で平氏を討とうとした謀議が密告によって発覚し、鬼界ヶ島《きかいがしま》に流された。その地で没した人物だが、のちに打たれた能面は、陰性な策謀家の個性をみごとに刻んでいる。

江依太にいわれてはじめて百合郎は気づいたが、たしかに能面の『俊寛』とはいい得て妙だ。

吉辰が声をだして笑い、

「俊寛とは思ってもいませんでした。だが気に入りましたぞ、生き人形どの」

といって立ちあがった。

「こちらへ」

長暖簾を分けて奥へ消えた。

板の間で文や絵を描き、あるいは板に向かって彫りものをしていたり、読売を刷ったりしている奉公人には聞かせられない話で町方役人がやってきた、と察したのか、あるいは、情報を売り買いする連中と会う座敷がべつにあるのかもしれない。何度か吉辰屋にきている百合郎も、店の奥にとおされたことはない。百合郎の顔つきから、吉辰がなにかを感じ取った、とも考えられる。

奉公人は見向きもしなかった。

百合郎は雪踏《せった》を脱ぎ、裾《すそ》をはたいてあがったが、江依太はいつものように懐から手拭いを引っ張りだし、足を拭ってからあがった。

鴨居《かもい》から鴨居にわたしてある細縄には刷りあがったばかりらしい読売が数枚ぶらさがっていた。先日『米一升百文』の貼り紙が原因といわれる打ち壊しがあったが、それが淡々と書かれている。大げさに取りあげ、政《まつりごと》をわずかでも批判すれば、奉行所の手が入るのは目にみえている。それもあって、見聞きしたことを書くに留めているのだろう。

このところ地方でも大規模な百姓一揆《いっき》が勃発《ぼっぱつ》しているが、それを取りあげた読売はない。

とおされた座敷は六畳で、三方が壁だった。窓はなく、柱にぽつんとかかった伊万里《いまり》の一輪挿《ざ》しに寒椿《かんつばき》が活けてある。薄暗い座敷で行燈《あんどん》はあったが、灯《あか》りはともされていなかった。

吉辰が腰をおろしたので、百合郎も吉辰のまえに胡座《あぐら》をかいた。

江依太は百合郎のうしろ、それも五尺（約一メートル半）ほどさがったところに座った。

「失礼します」

廊下からか細い声が聞こえた。障子があくと、顔色の悪い初老の女が茶菓の載った盆を押し入れた。客には目も向けず、すぐ障子を閉めた。

立ち去ったかどうかはわからない。足音がまったく聞こえなかったからだ。気配は消えた。

盆を引き寄せた吉辰が、百合郎のまえに茶菓をおき、江依太に目をくれた。

江依太が立ちあがり、茶菓を手に元の場所に戻った。

「で、お町の旦那がどのようなご要件で、わざわざ足をお運びになりましたかな」

「遠回しな話はできねえから、単刀直入に聞くが、おめえの地獄耳に始末屋の話が届いてねえか」

吉辰は瞬時考え、

「始末屋でございますか……」

といって小さく首を振った。

「はじめて聞きましたが、なにを始末するのでございますかな」

「どうやら、他人が手を染めた人殺しの後始末をするらしい、という噂だ。なに、おれもついさっき噂が耳に入ったばかりでな、おめえならなにかを知ってるのじゃねえかと期待してきたのだ」

「始末屋の話が出たとなると、なにか始末屋に関することでも出来《しゆつたい》したのでございますかな。よろしかったらお聞かせを願います」

「まだ書くなよ。始末屋のこともだ」

「なにかわかったら、便宜《べんぎ》を図ってもらえるのでしょうな」

百合郎は、約束はできねえが、とまえおきし、小塚原の林の地面下三尺から白骨がみつかった、という話をした。

若い女らしいとか、一年前後に埋められたかもしれない、というようなことは話さなかった。

「それはそれは……なぜまた、そのような深くから白骨が……それだけ深ければ犬でも嗅ぎつけられますまいに」

さすがに吉辰だ。埋められた深さに気づいた。

「近所の百姓が自然薯を掘りにきたのだ。それでみつけた」

「なるほど……」

「ついでに聞くが、行方がわからなくなっている女の話を聞いてねえか。といっても、歳も、いつごろ行方知れずになったかも、顔貌《かおかたち》もわからねえのだから、たしかめようがねえのだが」

「わたしにわかるのは、奉行所に届けが出ている五十分の一程度のことでございましょう。そちらでお調べになった方がお早いかと」

「まあな」

「お力になれずに申し訳ないことでございますな」

「知っていて隠しているようでもねえしなあ」

「そんな……雁木さまをまえにして、滅相《めっそう》もない」

百合郎は茶をのんだ。すでに冷めていた。

江依太は先ほどから饅頭をむしゃむしゃ食い、茶をごくごくのんでいる。その

江依太が突然いった。

「井深《いぶか》三左衛門という名に心あたりがねえですか。春先に賊に襲われ、行方知《ゆきかたし》れ

ずになっているのですが」

吉辰がわずかに体をたおし、百合郎の背後にいる江依太に目を向けた。

「その話なら聞いておりますが、それがなにか」

「井深三左衛門さまを襲った賊のことでなにか耳に入ってないですか。あるいは、三左衛門さまの居所とか」

「井深三左衛門どのにはたしか、娘ごがおられたはずですが……」

といって百合郎に目を戻した。

「雁木屋敷に匿《かくま》われているとか」

侮《あなど》れない奴だとは考えていたが、ここまで知られているとは百合郎も思っていなかった。

「ああ、母が行儀作法を厳しく教え込んでいてな。泣きごとをならべながらも、なんとかついていっているようだ」

吉辰がうなずいた。

「おめえなら三左衛門どのの居所を知ってるんじゃねえのか」

「あれから、賊どもも三左衛門さまも、掻き消すように行方をくらましてしまったので、わたしの耳にはなにも……もしかすると、三左衛門さまをどうにかしたその足で、上方《かみがた》にでものぼったのかと考えておったことを、いま思いだしました」

「なんのための上方なのだ」

「さあ、そこを突きとめるほど、あの一件には興味がありませんので。ただ、あまりにも情報《ねた》が入ってこないので、そうかもしれぬ、とただそのようなことを」

「わかった。では、たったいまから興味を持ってくれ。有力な情報《ねた》があれば、十両で買おうじゃねえか」

「承知いたしました。三左衛門さまについての話が耳に入りましたら、すぐにでもお伝えいたしましょう。が、掛かりの心配などはご無用に願います」

と吉辰はいい、両手を膝について頭をさげた。

「邪魔したな」


「吉辰をどう思う」

『吉辰屋』を辞した百合郎と江依太は神田岸町《きしちょう》に向かっていた。そこに安食の辰五郎の住まいがある。

「なかなか喰えないご仁《じん》ですが、父のことはなにも知らないようでしたね」

といって言葉をきり、やや考えた江依太が、

「わたしが女だということは、あるいは見抜かれたかもしれません」

「そう感じたのか。間抜け面の割りには鋭い野郎だからな……とはいえ、おれも他人の面相についてはとやかくいえた義理じゃねえけどな」

といった百合郎が、屈託なく笑った。

「面白そうな人物ではありますね。興味が湧きました。またどこかで出会えそうな気がします」

「三左衛門どのの居所か、賊どもか、どちらでもいいから情報《ねた》が得られるといいな」

江依太は暗い顔をしてうなずいたが、なにも口にしなかった。

三

「ちょっと出てきますよ」

暖簾の陰から百合郎と江依太が遠離《とおざか》るのをみていた吉辰が、職人のだれかにいうでもなく声をかけた。

それに応えた職人はいなかった。

吉辰は道を南に取り、神田川に架かる筋違橋《すじかいばし》をわたっていった。この筋違橋の南詰めには御門があり、ここには鉄砲五挺、弓三張、長柄《ながえ》五筋、持筒二挺、持弓ひと組が備えられ、一万石以下五千石以上の藩の藩士三名が詰めている。浅草《あさくさ》周辺から本郷《ほんごう》あたりまでの出火の場合、ここが火消しの詰所としても使われた。

神田三河町《みかわちょう》は鎌倉河岸《かまくらがし》のすぐ西にあった。

三河町はむかしから人足の町として知られていて、いまでも人足を扱う店が七、八軒は残っている。また医者も多く、刃物屋なども軒を連ねている。

鎌倉河岸を東にのぞむ三河町の角に『馬骨《ばこつ》』という居酒屋があった。客からは呑馬《どんば》と呼ばれている呑んだくれが亭主で、それが本名かどうかはわからない。なかには頓馬《とんま》などと呼ぶ、口の悪い客もいる。本人はなんと呼ばれようとどこ吹く風で、飄々《ひょうひょう》と生きている。

『馬骨』には三十歳くらいの、気の利いた女の奉公人もいる。河岸の男たちのなかには、この女、お市《いち》を目当てにやってくる者も多い。

どのような生い立ちなのか、だれも本人の口から聞いたことはないが、垢抜《あかぬ》けたところがある。

板前は六十そこそこで、ずっと俎《まないた》を覗きこんでいるせいか年のせいか、やや背が丸まっている。無表情でほとんど口を利かないが、呑馬やお市、客からは「爺《じい》さん」と呼ばれていて、名を聞いたはずの呑馬も、いまはすっかり忘れている。

爺さんと呑馬が知りあったのは、爺さんに絡《から》んでいた与太者《よたもの》を追い払ってやったときだ。客が寄りつかず、潰《つぶ》れかかった馬骨の二階に担ぎこみ、四、五日傷の手当てをしてやった。

動けるようになると、頼みもしないのに、厨《くりや》を手伝うようになった。

どうせ潰れる店だから、好きなようにさせておこうと呑馬は考えたが、これがどうして、なかなかの腕をしていて、そのまま居ついてしまったのだった。

鎌倉河岸の人足たちに、馬骨の料理が旨《うま》くなった、との評判が立ち、店はそこそこに繁盛《はんじょう》していまに至っている。

お市はもともと馬骨の客だったのだが、忙しいときに手伝っているうちに呑馬に気に入られ、正式な奉公人におさまってしまった。とはいえ、呑馬となにかがあるわけではない。

まだ店をあける時刻には早く、お市はのんびりと食卓を拭き、腰掛けを逆さまに食卓にのせ、でこぼこした土の床を掃《は》いている。

店の隅には『消炭《けしずみ》』という名の猫がどてっと寝そべり、とろんとした目をお市にやっていた。

消炭はほぼ真っ黒で鼻のあたりに白い毛が生えている。いつの間にか『馬骨』に居ついたので歳はわからないが、主《ぬし》のような顔をしているので、相当な歳なのだろう。

主人の呑馬は自前の荷舟を漕《こ》ぎ、日本橋川《にほんばしがわ》をのんびりくだっていた。舟にはもう一人、呑馬に背を向けた男が乗りこんでいて、なにやら話しているふうであった。

「小塚原から骨が出たらしゅうございますよ」

男がいった。

「それは噂か、それとも真実《まこと》か、吉辰」

男は読売屋の吉辰だった。

「南の『鬼瓦』が持ちこんできた話でございますから……」

「一直線莫迦《ばか》か……」

呑馬と鬼瓦にはちょっとした接点があり、呑馬は、

——あいつとは——。

どこかで遣《や》りあわなければならないという予感があるのだが、これがきっかけでなければよいが、と考えていた。

呑馬は無精髭《ぶしようひげ》の伸びた顎をさすり、遠くに目をやった。

背の高い、痩せ細った四十まえの男で頭を坊主に刈りこみ、顔も長い。

細い眉の下にぎょろりとした目が光っているが、顔の長さにあわせるように形のいい鼻が長く伸びている。

みる者がみれば、細い体を覆っているのが強靭《きようじん》な筋肉だとひと目で見抜くはずだ。元は浪人で、剣術道場で鍛えた体も腕も、まだ衰えてはいない。

「あんなところに埋めねえで、いつものように江戸湾に流しちまえば鱶《ふか》の餌になり、骨がみつかることもなかっただろうになあ」

たとえ鱶に食われずに漁師の網に屍体が引っかかったとしても、面倒に巻きこまれるのを好むような漁師はいない。奉行所には内緒で、そっとそのまま海に返

すだけだ。

「頼み人から、鱶の餌にするのは可哀相だと泣きつかれましたので、仕方なく、ああするしか……」

吉辰はまっすぐまえを向いたままいった。

「たくっ……おれも甘いよなあ……それで、犬か。嗅ぎつけられねえように深く埋めたつもりだったのだが」

呑馬がむくれたようにいった。だが気にはしていなかった。ま、いいか、なるようにしかならねえ、というのが呑馬の生き方であった。

「近所の百姓が自然薯を掘りにきてみつけたとか……」

「自然薯だと……おれの自然薯嫌いを知って、自然薯の奴、祟《たた》りやがったか」

「骨がみつかったことを知った頼み人が動揺でもすると、少々厄介《やっかい》なことになりますが」

「どこに埋めたのかは話してねえのだろう。その頼み人に」

「はい」

呑馬と吉辰は『始末屋』だが、頼み人との仲を取り持つのはある隠居で、呑馬が頼み人と会うことはほとんどない。ほとんど、と断ったのは、これまでに会った頼み人が二人いるからだ。

「それなら小塚原の林から出たのが、妾の骨かどうかはわからねえはずだ。その心配はいらねえと思うぜ」

と呑馬はいい、

「まあ、あんたのその用心深さでおれたちが生き長らえている、ともいえるのだがな」

と、話の穂を継いでうなずいた。

「鬼瓦に、いまはまだ書くな、と釘《くぎ》を刺されましたが、こういう奇っ怪な話を町人は好みますから……」

「ほかの読売が書いて、それが頼み人の目に触れることを案じているのか」

「はい。その頼み人というのは、臆病で、一途《いちず》なお方ですから。その一途ゆえに、妾を殺すことにもなったのです」

呑馬はその頼み人に会ったことはなかった。

「そういう人物なら、あんたの心配もわからなくはねえな」

「それともうひとつ……」

と吉辰はいい、懐から一枚の書きつけを取りだした。

「心配の種が……」

といい、肩越しにそれを差しだした。

「なんだ」

吉辰がわたした書きつけを手に取り、読んだ途端、呑馬の口がとがった。

書きつけは紛《まぎ》れもなく脅迫状で、次のように、簡潔にしたためてあった。

『博徒の元締め、安食の辰五郎を殺せ。やらないときは、おまえの裏の顔を奉行所に訴える』

「これはだれに宛てた脅迫状なのだ」

「わたしの家に投げこまれておりましたので、わたし宛てかと」

「相手はあんたとおれの関わりも知っている、と考えておくべきだと思うか」

「はい、要鎮《ようじん》に越したことはなかろうかと」

「では、この脅迫状はおれの手許に届く、と考えてあんたの家に投げこんだと受け取るべきだな」

「安食の辰五郎が死ぬのなら、呑馬さんでもわたしでも、どちらが手をくだしてもかまわない、ということでしょう」

駕籠を使うと尾行者がいるかどうかわからない。背後に気を配りながら『馬骨』

の近くまで歩いてきて、近所の子どもに呑馬宛ての文を頼んだ。そのときまわりに目を配ったが、怪しい者はいなかった。

もっとも最初から吉辰と呑馬の関わりを知っているのなら、いまさら跡をつける必要はない。

呑馬は舟を漕ぐ手をしばらく休め、思案していたが、

「安食の辰五郎という人物を知ってるか」

と聞いた。

「顔はちらっとみかけただけですが、噂はよく耳にいたします。博徒にしてはきれいな生き方をしているとか。客が奉行所に捕まらないように三日おきに賭場を変え、手《て》塚四十郎《づかしじゅうろう》という凄腕《すごうで》の用心棒を雇っている。だれかに怨まれているかどうかまでは、わかりません。裏者の素性《すじょう》は、藩主などよりつかみにくいのです」

読売の書き手を使えば、安食の辰五郎のことが多少は探りだせるかもしれないが、そのためには、探る理由を連中に話さなければならない。

軽はずみな動きはとれなかった。

「いつだ。これが投げこまれたのは」

「きょうの早朝」

「文字に心あたりはないか。あんたが会っている者にちげえねえのだが」

「わたしも、手許にあるすべての書きつけと比べてみたのでございますが、おなじ筆跡《て》の書きつけはみあたりませんでした」

吉辰のことだから、そこにぬかりがあるとは思えなかった。

「いままでにおれたちが『始末』したのはどのくらいだ」

「八件」

吉辰も数えてみたようで、即答した。

『始末』といっても屍体の始末だけではなく、なかには大きな揉《も》めごとの始末も入っている。

「屍体の始末は」

「四件」

「だな」

といって呑馬はしばらく考え、

「四件の頼み人をすべて洗ってみる必要があるな。身元はわかってるのか」

「全員は知りませんが、ご隠居に相談すれば、あるいは教えていただけるかと」

「心配か」

「まあ……得体の知れない相手でございますから」

「心配するな、いざとなったらおれが一人ですべて罪を被る。あんたを始末屋に引きこんだのはおれだからな」

「なにをおっしゃいます。あなたのおかげで、女房は心安らかに旅立ったのでございますから。罪を被るのはわたしのほうでございますよ」

「まあ、それは出たとこ勝負だ。が、さて、どっちだと思う」

呑馬の荷舟は崩橋《くずればし》を左に折れ、箱崎川《はこざきがわ》から大川《おおかわ》に出ようとしていた。

「とおっしゃいますと」

「おれに、あるいはおれたちに怨みがあって、本気でおれたちを追いつめたいのか、それとも、安食の辰五郎とかいう奴を殺してくれと心底願っているのか」

「もうひとつ考えられますね」

「うむ、ややまわりっくどいがな。おれが安食を殺すところを押さえ、のっぴきならねえところまで追いこんでおいで、おれをおのれの操《あやつ》り人形にする……か」

「脅迫状を寄越した者がそのように企んでいるのなら、ご隠居の存在は知らない、と考えられますが」

「隠居の存在を知らないで、おれを操り人形にしたいとなれば、隠居が黙っちゃいねえだろうな」

「そうなると厄介ですね」

「隠居がどういうか、話してみてくれねえか」

といった呑馬に、ふっと閃いたことがあった。

「その脅迫状を書いたのが隠居だということはねえか」

「なんのために」

「わからねえが、閃いただけだ」

「気掛かりでしたら、それとなく、探ってみましょう」

「そっちは頼む。おれは安食の辰五郎の顔をみておきてえ。賭場に案内してくれ
そうな人物に心あたりはねえか」

吉辰はしばらく黙った。

「どうした」

「ぴったりの者がおるのですが、関わると、やや剣呑《けんのん》かとも思われます」

「剣呑か……何者だ」

「岡っ引きでございます。それもかなりな腕っ扱《こ》きの」

吉辰がいった。

呑馬はにっと笑い、

「おもしれえじゃねえか。会う手はずを整えてくれ」

といった。

呑馬がそういうだろうと吉辰にはわかっていた。それが呑馬という男だ。危険と隣りあわせに生き甲斐《がい》を感じる呑馬だけに、そこで墓穴を掘りかねないとの危惧《きぐ》も吉辰にはあった。

「では、夜五つ刻（午後八時）に、昌平橋《しょうへいばし》で会えるよう、手はずを整えておきます」

呑馬の荷舟は柳橋《やなぎばし》をくぐり、神田川に入っていった。

第二章　辰五郎の母

一

「もうくるな、と釘《くぎ》を刺さなかったか、鬼瓦《おにがわら》」

玄関に出てきた安食の辰五郎が眉間《みけん》に深いしわを寄せ、目を細めていった。

以前会ったときには「雁木の旦那《だんな》」だったいいかたが、いつの間にか「鬼瓦」に変わっている。

江依太と会って話をするうちに、百合郎とも親しくなった、と勘違いしているのだろう。

百合郎は、辰五郎と親しくつきあうつもりなどさらさらない。

辰五郎が足を踏み入れた雪踏《せった》の鼻緒《はなお》には、竜が刺繍《ししゅう》されてあった。

辰五郎が入っていったのは、路地の奥にあるひっそりとした小料理屋で、『麦屋《むぎや》』と書かれた小さな軒看板が植えこみの陰に隠れていた。故意に隠している、と思えるほど、植えこみの八つ手の葉でうまく隠してあった。

玄関口は狭く、山葵色《わさびいろ》の長暖簾《ながのれん》さえ客を拒《こば》んでいるように思えた。

百合郎は、気に喰わねえ店だ、と思いながら辰五郎につづいて暖簾をわけた。

「邪魔するぜ」

辰五郎が声をかけると、廊下をくるらしい足音だけが聞こえてきた。

「ようこそおいでくださいました」

玄関の板敷きに両膝をついて挨拶《あいさつ》したのは、五十半ばの女だった。品があったが、気の強さが眉間に滲《にじ》み出ている。

「おふくろだ。生き人形は知ってるな。そっちの鬼瓦は、南の同心で、雁木百合郎の旦那だ」

辰五郎が紹介すると、辰五郎の母は両手をついて百合郎をみあげ、

「どうぞご贔屓《ひいき》に」

といって頭をさげた。

「役人に贔屓になってもらっちゃ困る。こいつがきたら追い返せ」

と辰五郎はいい、さっさと板敷きにあがった。案内もされないのに廊下を歩いていく。

母は立ちあがって百合郎たちがあがるのを待っていた。

百合郎は着流しの裾《すそ》を払ってあがり、江依太は懐《ふところ》からだした手拭《てぬぐ》いで足の裏を拭った。

江依太が辰五郎の母に軽く会釈《えしやく》した。

どうやら江依太はこの店で辰五郎と会っていたようだ。


百合郎たちが案内された座敷は廊下の奥で、あけ放った障子の向こうに小さいながら手入れのいき届いた庭がみえていた。ほとんどの庭木は葉を落としていたが、古木《こぼく》らしい楠《くすのき》だけは青々とした葉をつけている。

座敷は八畳の床の間つきで、花は活けてなかったが、雪の深山幽谷《しんざんゆうこく》が描かれた軸が掛かっている。

辰五郎は畳一枚分もありそうな飯台に両肘《りようひじ》をつき、庭をみていた。その顔を、対面に腰をおろそうとしていた百合郎に向けた。

先ほどまでの渋面《じゆうめん》とは一変し、顔には柔らかい微笑が浮かんでいる。世間向けの渋面だったようだ。

「一度、死んだんだってな。その割りには元気そうだ」

笑いながら辰五郎がいった。

「江依太から聞いたのか」

立花屋《たちばなや》の一件は伏せられ、読売にも書かれていない。

「あいつがそんなに口の軽い奴だと思うのか」

座敷の隅にちょこんと座っている江依太に目を向けた辰五郎がいった。

「どっからか流れてきた噂《うわさ》が耳に入った」

「さまざまな噂が耳に入るようだが、始末屋のこともそれか」

百合郎がいった。

「素人《しろうと》が棄《す》てたのではねえような屍体でもみつかったのか」

辰五郎が埋めたのでなければ、鋭い着眼点だ。

「地中に深く埋められた女の屍体が、小塚原の林でみつかったのだ」

といって百合郎は、立てた左手の親指を江依太に向けた。

「女を殺せば、慌て、焦《あせ》っているし、屍体を埋めるところをだれかにみられる恐れもあるので、一時も早くその場を逃れたいはずだ。そんな下手人《げしゅにん》が埋めたにしては、深すぎるのではないか、とあいつがいいだした。そのとき、おめえから聞いたという始末屋の話が出た」

辰五郎がふたたび庭に目を向け、そのままいった。

「噂だ。おれたち裏者は屍体を始末する術《すべ》を知っている。始末屋などに用はねえ。仮に、殺した屍体がみつかったとしても、若い奴が身代わりで自訴《じそ》するし、故意にみつかるようにした屍体ならみせしめだ」

「だろうな。いつ始末屋が必要になるかわからない、と考えているような奴らは、口を割らない」

百合郎がいった。

「捕まって石を抱かされるか、水責めにでも遭《あ》えばべつだろうが、捕まえるためには屍体がいる」

「人殺しが一生安穏《あんのん》に暮らせるわけだ」

「許せねえか」

辰五郎が聞いた。

「ああ、許せねえ。もしもそんな奴がいるとしたら、必ず引っ捕らえて獄門台《ごくもんだい》に送ってやる」

いいながら百合郎は、思わぬ怒りがどこからか噴出するのに戸惑っていた。たまにこういうことがある。百合郎はそのときまで考えてもいなかったことが口をついて出ると、心か頭の奥底のなにかに反応し、熱くなるのだ。

これも『一直線莫迦《ばか》』といわれる所以《ゆえん》かもしれない。

廊下から、ごめんくださいまし、という声が聞こえ、襷掛《たすきが》けに前垂《まえだ》れをつけた若い女が二人、重ねた膳《ぜん》を抱えて入ってきた。

飯台に料理をならべ終わった女中たちは、ごゆるりと、といって座敷を出ていった。

二合入りの銚子が二本ならんでいた。

「博徒《ばくと》に奢《おご》られるのが厭《いや》なら食わなくてもいい」

辰五郎が笑顔でいって銚子を取りあげた。

「若いころにはそんなこともあったたな。酒はいらない、いや遠慮ではねえ。一升酒を呑んでもちっとも酔わねえから、呑まないのだ」

百合郎はいって江依太を呼び、料理に箸《はし》をつけた。

辰五郎はうなずき、手酌《てじゃく》で呑みはじめた。

嬉々《きき》とした顔の江依太が料理をぱくつきはじめた。

「始末屋というのは、屍体を始末するだけの連中なのか」

百合郎が料理を口に運びながら尋《たず》ねた。

料理は旨《うま》く、『始末屋』のことを考える一方で、この料理屋の客筋はどのような者たちなのだろうか、とも考えていた。

「なぜ『連中』だとわかる」

辰五郎が手をとめずに尋ねた。

「人の屍体は重い。戸板に乗せた屍体を、足軽四人で持ちあげても足元が覚束《おぼつか》ないのもいるからな。『始末』をだれにもみられないためには、隙をついて素早くやる必要があるだろう。それなら一人ではない、最低でも二人は必要だ、と考えたまでだ」

「屍体を始末するだけ、といったな、それはどういう意味だ」

「別人を下手人に仕立てあげるとか、怨みで殺したのに、盗人《ぬすっと》に殺されたようにみせかける、そんなことも始末屋の仕事のうちか、とふと頭に浮かんだのだ」

「そう思うような事件に出くわしたことがあるのですね」

箸を口に運びながら、江依太が尋ねた。なにをしていても、ひとの言葉を聞き逃さない奴だ。

「あるといえばある。もう六年ほどまえになるが、先輩の鈴木《すずき》頼母《たのも》さまについていたころでな……」

二

鰹節問屋《かつおぶしどんや》の『四国屋《しのくにや》』から、

「息子が隠居所で死んでおりまして……」

との届け出があった。

鈴木と出向くと隠居所は荒らされ、腹を二箇所刺された、小太りで蒼白《あおじろ》い顔色の、四十代にみえる男の屍体が転がっていた。

そばに日焼けして痩せた老爺《ろうや》がいたので話を聞くと、飯炊《めした》きや雑用をこなすために雇われているが、夜は長屋に帰るため、昨夜なにがあったのかは知らない、と沈んだ声でいった。

「屍体の名は」

鈴木が問うた。

「佐左衛門《さざえもん》さまとおっしゃいます」

「そうか。女房子はいなかったのか」

「子ができないので離縁なさいましたとかで、独り暮らしでございました。わたしは離縁されたあとに雇われましたので、詳しい経緯《いきさつ》は知りませんのでございます。はい」

「四国屋といえば聞こえた鰹節問屋だが、隠居には早《はえ》え歳じゃねえか。何歳だったのだ」

「三十九とかうかがっておりましたが、隠居の事情なども、聞いたことはございませんので」

南町奉行所の検視役《けんしやく》を務めていた蘭方医《らんぽうい》、酒井有泉《さかいゆうせん》がやってきて、検視をはじめていた。

「金がいくらくらいあったのか、知らないか」

鈴木が何気なく聞いた。

はっとして鈴木をみた老爺が気色《けしき》ばんだ。

「わたしが殺して金品を奪ったとでも……」

「そんなことはいってねえ。大金があることが知られていたなら、盗人の仕業《しわざ》とも考えられる。それで尋ねたまでだ」

この瘦せ細った老爺が、小太りの中年をふた突きで殺せるとは思えなかった。

老爺はやや考えていたが、やがて、

「月初めに、本家から五十両の金子《きんす》が届いておりました」

といった。

「そいつは豪気《ごうき》だな」

同心の俸給は三十俵二人扶持《ぶち》で、米一升を百五十文として大雑把《おおざっぱ》に換算すると、扶《ふ》持米《ちまい》を入れても年収はおおよそ四十両だ。月々の手当が、同心の年収よりも多い。

「三十九歳で金が唸《うな》るほどあるなら、妾《めかけ》の一人や二人、椊《かこ》っていてもおかしくはねえな」

鈴木が老爺に問うともなくいった。

「そんな話は……」

「知らねえか」

「はい、そのような立ち入った話はなさいませんでしたので」

「きょうは五日か……五十両が手つかずに残っていたとも考えられる。やはり盗人の線が濃いな」

鈴木が座敷を見廻しながらいった。

「それだな」

胸をはだけて傷をみていた有泉が同意した。

「傷は腹に二箇所。どちらも深く、片方だけでも致命傷になり得た。躊躇《ためら》い傷がないから、出会い頭《がしら》に刺した、とみて差し支えないだろう」

「盗人なら深夜に忍びこんだはずですが、それにしては屍体が着ているのは寝巻きではありませんね」

百合郎がいった。

「たまたま夜更かししてたんだろう」

と有泉はいい、床に放りだされている箪笥《たんす》の抽斗《ひきだし》や衣類などを指差した。

「抽斗に血がついておる。どういうことだ、お若いの」

といって百合郎に意地悪そうな目を向けた。

「殺したあとに物色した、ということですか」

「わかってるじゃないか。殺すつもりで押し入ってきたのなら、殺してすぐに逃げるはずだから、血がついているとすれば、玄関の戸くらいのものだろう」

「押しこみ強盗がやったとして一件落着したのですか」

江依太が聞いた。

「そうだ。まだ下《した》っ端《ぱ》だったおれの意見はとおらなかった」

「どこが気に入らないのだ。おれにはその検視医のいっていることがまっとうに聞こえるけどな」

辰五郎がいった。

「どこが気になるのか、おれにもわからなかった。だが、どこか作りものにみえたのだよ、部屋の荒らされようが酷《ひど》すぎたし、深夜に殺されたらしいのに普段着だった」

「盗人の仕業にみせかけるために部屋を荒らした奴がいるのなら、寝巻きに着替えさせて腹の傷のあたりを破っておけばよかったじゃねえか」

「簡単にいうけどな辰五郎、死人を着替えさせるのはかなり難しいのだ。それに、着替えさせたあとからつけた裂け目を見破れねえような、阿呆《あほう》な検視医はいねえ」

といった百合郎は、酒井有泉という検視医がかなりいいかげんだったことを思いだした。

次の年の春に有泉は病に罹《かか》って死亡し、後釜《あとがま》に座ったのが、北の検視医、三宅《みやけ》圭心《けいしん》に推挙された柴田玄庵だった。

鈴木頼母はいまも臨時廻り同心として奉行所に留まっている。

佐左衛門が殺された半月後のことだ。『四国屋』の番頭がなにかの縮尻《しくじり》で店を追いだされ、首を縊《くび》って死んだのを不審に思った百合郎が、

「是非、わたくしに探索を」

と願い出たのを、

「四国屋の一件はもう片がついた。忘れろ」

といって筆頭同心に報告させなかったのも鈴木頼母であった。

六年まえのあのときのことを思いだし、百合郎は急に飯が不味《まず》くなった。

百合郎と江依太が『麦屋』を出たのは、半刻（約一時間）ほどあとのことだった。

路地から往還に出た百合郎が麦屋に目をやりながら、

「辰五郎から父親の話を聞いたことがあるか」

といった。

「なにか気になることでも……」

江依太も腰を捻《ねじ》って路地の奥に目をやった。

辰五郎はまだ麦屋にいて、ひと眠りしていく、といっていた。

「いや、そうじゃねえが、母親には小料理屋をやらせている。では父親はどうしているのだろうかと、ふと気になっただけのことなのだがな」

「そういえば父親の話が出たことはないですね。多分、亡くなっているのだと思います」

「そうだろうな」

百合郎と江依太は南茅場町の大番屋へ向かった。柴田玄庵の詳しい検視で、掘りだされた骨から新しい発見があったかもしれない。

第三章　『始末屋』たち

一

「久しいな吉辰」

そういった男は七十に近い年恰好《としかっこう》で髪は真っ白。小豆《あずき》のような染みに覆《おお》い尽くされた顔は小さく、猫背だった。名を宗壽《そうじゅ》という。

呑馬と吉辰が「ご隠居」と呼んでいたのはこの男だ。

近所の女房がきて朝夕の台所仕事や掃除などをしてくれるが、宗壽は一日のうちのほとんどは一人暮らしだった。

手のかかることはすべてその道に長《た》けた者に任せている。金はありあまっているので、そちらの心配はない。

浅草橋場町《はしばちょう》のはずれに隠居してすでに五年になるが、そのまえはくだりものを扱う鰹節問屋『四国屋』の主人だった。

吉辰と宗壽は、宗壽の息子、佐左衛門の屍体の始末をしたことで知りあった。

息子は、大店《おおだな》を切り盛りするだけの器ではない、と宗壽に見切りをつけられ、三十歳まえに無理矢理隠居させられてしまっていた。

息子はその仕打ちに対する長年の不満をつのらせ、三番番頭や得意先の何軒かに、ゆっくりと取り入り、

「ことが成った暁《あかつき》には、悪いようにはしない」

などと甘い汁をちらつかせ、四国屋から宗壽を追いだすよう画策したようであった。それを知って激怒した宗壽が、短刀で息子の腹を抉《えぐ》った。

場所は、息子の隠居所。

「屍体を隠すのではなく、押しこみに殺されたように装ってくれませんか」

そのころ宗壽の用心棒をしていた呑馬に宗壽が話を持ちかけた。

百両という報酬より、奉行所を騙《だま》すことに心が動いた、とのちに吉辰は呑馬に打ちあけられている。

一人では手落ちがあるかもしれない、と考えたらしい呑馬は、むかしからの知りあいの吉辰に声をかけた。

「迷惑はかけねえ。すべておれがやるから、あんたは不自然な箇所を指摘してくれるだけでいい」

吉辰は断らなかった。というのも、吉辰には病を抱えた女房がいて、薬代の借金が嵩《かさ》んでいた。五十両の報酬は願ったりだったのである。

吉辰に声をかけたのを、いま呑馬が悔いているのは吉辰も承知していた。読売の書き屋だった吉辰が、借金で首が廻らなくなっていたのを呑馬は知っていた。借金を解消するために誘ってくれたのは呑馬の好意だった、と吉辰は理解している。あのときの五十両がなかったら、病の女房を殺しておのれも首を縊《くび》るしかなかった。

息子の腹の傷は二箇所で、よほど肚《はら》に据えかねたのか、あるいはかなりな覚悟を持って臨《のぞ》んだのか、躊躇《ためら》い傷などなかった。

呑馬は傷には触らず、流れ出た血を手につけて部屋中を掻き廻し、金目のものをすべて奪い去った。簞笥《たんす》の抽斗《ひきだし》には五十両という金もあった。それも貰《もら》った。

吉辰にはいっさい手出しをさせず、ただ、

「おれのやることに不備がないか、みていてくれ。あんたは、読売の書き屋で、さまざまな事件現場をみてきているはずだから、そこが頼みなのだ」

といった。

当番は南町奉行所だった。

その一件を担当したのが、初老の同心、たしか名を鈴木頼母とかいったが、その鈴木と、鈴木についていた鬼瓦だった。

鈴木は、なんの疑いもなく、

「もの盗《と》りだろう。鉢合わせして殺されたのだろうな」

といいきり、一件落着させたらしい。だが鬼瓦は、

「どうも、なにか腑《ふ》に落ちないところがあります。それがどことははっきりいえないのですが。もっとしっかりと探索を……」

懇願《こんがん》したらしいと、読売の書き手だった吉辰は顔見知りの奉行所中間《ちゅうげん》に金をつかませ、聞きだしている。

下《した》っ端《ぱ》だった鬼瓦のいうことは取りあってはもらえなかったようだ。

そのことは呑馬にも話した。

そのときの表情から、南の鬼瓦が呑馬の頭の片隅に引っかかっているのは知っていた。

あれから六年がたち、鬼瓦も一人前に成長している。

次に鬼瓦に疑いを持たれるようなことにでもなれば、鬼瓦はきっと『四国屋』の息子のことも思いだすにちがいない。これは吉辰にも気掛かりなことであった。『四国屋』から追放された三番番頭が首を縊《くび》って死んだ話は吉辰の耳にも入っているが、息子と結託《けったく》していた得意先がどうなったのかまでは知らない。

この、三番番頭の自死のことも調べさせてほしい、と鬼瓦は鈴木頼母に頼みこんだと伝え聞いているが、これも退けられている。

いまの主人は、宗壽の目にかない、奉公人から『四国屋』の養子になった人物で、まだ三十まえであった。

だが吉辰の知るかぎり、こうしたことは珍しいことではない。大店《おおだな》は、家族や奉公人だけではなく、得意先から仕入れ先まで養っているのだ。我が子が可愛いからといって、能無しにお店を継がせるわけにはいかない。

「茶をのみにきたのではあるまい」

手にしていた茶碗の糸底をみながら、宗壽がいった。

宗壽は陽あたりのいい縁側にいた。茶碗がおさめられているらしい桐《きり》の箱が傍《かたわ》らに七、八個あり、箱から取りだされた茶碗も三個おいてあった。

桐の箱は時代がついている。

宗壽に目利きをしてもらうため、どこぞやの骨董屋《こっとうや》がおいていったものかもしれない。茶器をみる宗壽の目はたしかなものだとの評判は、吉辰も耳にしていた。

庭は広く、京の庭園を模《も》したとかで、手入れがいき届いている。

「こんな文《ふみ》を寄越した者がおりまして。宗壽さまがどうみられるか、それをおうかがいしたくてまいりました」

いって吉辰は、呑馬にわたした文を書き写したものを差しだした。

受け取った宗壽は文を手にしたまましばらく吉辰をみていたが、おもむろに目を移し、読みはじめた。

読み終わった文を吉辰に返し、

「心あたりはないのか」

と聞いた。

「まったくございません。ただ、それを書いた者は、なにを考えているのか、宗壽さまの見解をうかがいたいと存じまして」

「おぬしたちに、この安食の辰五郎という博徒《ばくと》を殺してほしい、と考えているだけ、とは思わぬのだな」

「それなら簡単なのでございますがね」

宗壽が不機嫌そうな表情をちらっと浮かべた。だがすぐに元の眠たそうな表情に戻り、

「辰五郎を殺すところを押さえ、おぬしを手玉に取ろうとしている者がいる、と考えたのか」

「まあ、それもあるのではないか、と」

「始末屋のほかに、奉行所に知られてはまずい、おぬしたちの裏の顔はないのだろうな」

宗壽が無表情でいった。

脅しの材料が『始末屋』の一件とはかぎらないのではないか。おぬしたちは、ほかにも悪事に手を染めているのではないか、と宗壽は疑っているようだ。

脅しの文を読んだとき、吉辰ははじめから、『おまえの裏の顔を奉行所に訴える』と書かれた『裏の顔』というのを『始末屋』のことだと決めてかかっていた。奉行所に訴えられて困るのは始末屋のことだ、と真っ先に思いついたのはそれだったからだ。

それは呑馬もおなじだったようで、脅迫状を書いた相手が、べつの裏の顔を知っているのではないか、などとは口にしなかった。世間に知られては困るような

べつの顔など、呑馬にもないからにちがいない。

それは吉辰もおなじで、『始末屋』のほかにうしろ暗いことなどやっていない。

──始末屋だけでも荷が重いというのに──。

「おぬしらに直接怨みを抱く者の心あたりはないのか」

「それならもう数えきれないほど」

屍体を始末して、そのために人殺しがのうのうと生きていると知った、殺された者の親戚、親、きょうだいなどは、吉辰や呑馬に怨みを抱く最たる者たちであろう。正体を知っていれば、という但《ただ》し書きはつくが。

「裏の顔のなんたるかを仄《ほの》めかすことも書いてない……ということは、この脅迫の主は、おぬしたちを窮地に陥らせるような手証はつかんでおらぬとみてよいようだな。おぬしが始末屋だという噂《うわさ》程度には知っておるとしても……」

「たとえ噂でも、奉行所に訴えられれば裏を取られましょう。しかも、担当が南の鬼瓦となれば、少々厄介《やっかい》なことになると考えられます。ご子息のことも憶えているでしょうから」

「その鬼瓦とやら、わしは知らぬが、どんな奴だ。悪知恵を弄《ろう》するような小役人か」

「定町廻りのあいだでは『一直線莫迦《ばか》』と評判の男ですから、悪知恵を弄するような人物とは思えません。わたしらを捕まえるために、この脅迫文を鬼瓦が書いたかもしれないとお考えなら、少々的がはずれているかと」

「うむ……」

といい、おいてあった茶碗を手に取り、

「わしも二、三あたってみよう」

といった宗壽のその目が、ぎらっと光ったのを吉辰は見逃さなかった。その光には怒りが宿っていた。茶碗をみて怒るわけがない。

『始末屋』を操《あやつ》るのはわしだ、と宗壽の目が語っていた。無論、それを吉辰が読み取ったことには気づいていないにちがいないが。

だがその宗壽の思惑は、ある意味ではまちがっていないのを吉辰は知っていた。そもそも『始末屋』のきっかけを作ったのは宗壽だ。どうやってその噂を広めたのかはわからないが、そのあとの始末は、すべて宗壽をとおして話がきている。

それは頼み人と『始末屋』との仲介者の立場にあるという、そのことだけではなく、宗壽の力で、頼み人たちの不安を打ち消しているし、名のある豪商たちが、『始末屋』の噂をすることにも圧力をかけている。

その点について、宗壽は吉辰にこう洩らしたことがある。

「大きな商いをしていれば、始末屋を必要とすることが起きるやもしれぬ。身代が大きくなると、厄介な問題もそれだけ抱えこむ。始末屋の正体を知ったとしても、それをだれかに喋《しゃべ》るのは、おのれが川に落ちたとき、引きあげてもらう舟を自らが沈めてしまうということだ。そのことに思いが至らない連中は、しょせんその程度の商いしかしておらぬ。したがってその連中には始末屋の噂も耳には入らぬ。一方、裏者たちは、殺しの後始末をつける術《すべ》を心得ておる。だから始末屋には関わってはこぬ」

宗壽の話からもわかるように、『始末屋』と江戸の豪商は、微妙な均衡《きんこう》を保ちながら生きてきた、というわけだ。ただ吉辰にも心配の種がないわけではない。

それは宗壽が高齢なことだ。

宗壽が死にでもしたらその均衡は忽《たちま》ちにして崩れ、『始末屋』の立場は危うくなる。

均衡を保ちつづけるためには、ことによると、初めての人殺しに手を染めることになるかもしれない。それは安食の辰五郎を手にかけることではなく、脅迫状を送りつけてきた奴をみつけて『始末』することだ。

二

飯屋で夕餉《ゆうげ》をすませた呑馬が夜五つ刻（午後八時）まえに昌平橋にゆくと、二枚重ねの半纏《はんてん》を着て懐手《ふところで》をした男が橋の欄干《らんかん》に凭《もた》れかかっていた。四十代の半ばで小柄だが肩幅が広く、がっしりした体つきをしていた。

「安食の辰五郎の賭場に案内してくれるというのは、おめえさんかい」

「吉辰さんのお知りあいというのは、あんたかね」

「ああ、呑馬だ。よろしく頼むぜ」

と呑馬はいい、男に小判を一枚握らせた。

「こいつはどうも。吉治郎といいやす」

相手は呑馬を知らないようであったが、呑馬は吉治郎を知っていた。鬼瓦についている腕利きの岡っ引きだ。

吉辰の皮肉か、たまたま辰五郎の賭場を知っているのが吉治郎しかいなかったからか、どちらかはわからないが、吉辰は、

「賭場に案内してくれる者の名は吉治郎といいますが、よろしいでしょうか」

とは尋《たず》ねなかった。尋ねても、かまわねえ、ということがわかっていたからだろう、と呑馬は理解した。

呑馬はこういう、やや危険な橋をわたるのを好む。そして、なるようにしかならねえ、と考える。

「では……」

吉治郎が先に立って歩きはじめた。

呑馬はあとについていった。

「吉辰とはどこで知りあったのだ」

呑馬が尋ねた。

「お聞き及びかどうかわかりやせんが、あっしは岡っ引きでしてね……」

「ほう……岡っ引きが賭場に出入りして袋叩きにはされねえのか」

「まあ、あっしもむかしは裏者でしたから、そこらあたりは大目にみてもらっているということで」

「なるほどな……で」

「読売屋の吉辰がさまざまな情報《ねた》を売買しているという噂が耳に入りやして。それからは売ったり買ったり、といいますか、肚《はら》の探りあいのようなことを、もうかれこれ三年ほど」

「そうかい」

「そちらさんは」

「吉辰からはなにも聞いてねえのか」

「居酒屋の主人がちょいと博奕《ばくち》をやってみてえとおっしゃるから、案内を頼めねえかと」

「鎌倉河岸の西のはずれで、馬骨という居酒屋をやってるのだ。主人といっても、おれはいつも呑んだくれていて、店を取りしきっているのは、消炭という猫だ。よかったら一度覗《のぞ》いてみてくれ」

いって呑馬が笑った。

吉治郎は、そのあけっぴろげなところに好感を持った。馬のように長い顔だが、笑顔がいい。

往還から新道《しんみち》に折れた。

突きあたりの会所（塵芥《ごみ》捨て場）の手前に板塀で栫《かこ》まれた一軒家があった。

塀に取りつけられた出入り口の扉はあいていて、すぐ脇に、いかにもはぐれ者然とした若い衆二人《し》が立っていた。一人は懐手で、もう一人は右手を懐に差しこんでいる。懐の膨《ふく》らみ具合から、右手で九寸五分《あいくち》の柄《つか》を握っているのがうかがえた。

「遊ばせてもらうぞ」

吉治郎がいうと、懐手をしていた若いのが、呑馬をちらっとみた。だが咎《とが》めることもなく懐から手をだして腰を折り、

「どうぞ」

といってとおしてくれた。

あけ放たれてあった玄関から灯《あか》りが洩れているほかは真っ暗で、ひとの気配もなかった。

玄関にはべつの長身の男が立っていて、吉治郎をみると、

「これは親分、ようこそ……」

といって玄関にとおしてくれた。すぐさま奥から若い衆が出てきて、

「どうぞ」

といって先に立った。

吉治郎と呑馬は雪踏《せった》を脱いで玄関にあがり、若者についていった。

「厳重だな」

「奉行所の捕り方が踏みこんできた場合、客を逃がすあいだ、若い衆が体を張ってとめるのです。博徒は、おのれの命より客の身柄のほうが大切だと教えこまれます。それがわかっているから、客は安心して御法度《ごはっと》の博奕遊びができるというわけです」

「なるほどなあ」

といって呑馬は怪訝《けげん》な顔をした。

「岡っ引きは奉行所の身内とはみなされないのかい」

「博徒の情報《ねた》を奉行所に流すようなこともしますが、奉行所の情報を博徒に知らせることもありますから、双方からお目溢《めこぼ》しにあずかっているといいますか……」

といって吉治郎が苦笑いを浮かべた。

「世の中の縮図をみるようだな」

若者が案内してくれたのは庭に面した座敷で、八畳二間の襖《ふすま》を取り払って鉄火《てっか》場《ば》が作られてあった。四方に百目蠟燭《ひゃくめろうそく》が灯《とも》っていて、二十人ほどの客が盆座《ぼんざ》にへばりついている。

壺振りは吉治郎とは顔見知りの男だったが、中盆《なかぼん》は初老で見知らぬ男だった。曝《さら》しを胸まで巻いているが、めずらしいことに刺青《いれずみ》はなかった。

――あれは……――。

吉治郎とはやや因縁《いんねん》のある男が客に混じり、博奕に興じていた。相手は背中をみせているが、吉治郎には白子屋紀左衛門《しらこやきざえもん》だとすぐわかった。

白子屋は薬種《やくしゅ》を扱う大店で、あるときまで吉治郎はお店への出入りを許されていた。

地廻りや浪人者のいいがかり、物乞《ものご》いの居座りなど、日ごろのいざこざを穏便に解決してもらうため、大店では岡っ引きの出入りを許し、小遣《こづか》いまで与えていた。吉治郎もそうであったのだが、三年ほどまえ、急に出入りどめになったのである。白子屋は理由をいわず、ただ、

「申し訳ないが、出入りを禁ずる」

と一方的に申しわたされた。理由を尋ねたが、申し訳ない、のひとことで席を立たれてしまったので、理由はわからない。だがその遣《や》りかたのすげなさに、吉治郎はずっと引っかかっていた。

目を戻すと、呑馬は両手で駒札を抱えていた。目勘定で、二両分ほどある。

半分を吉治郎にわけてやりながら呑馬は座敷の隅に目を向け、

「あいつが安食の辰五郎か」

と尋ねた。

辰五郎は用心棒の手塚四十郎の脇に座り、盃《さかずき》をかたむけていたが、吉治郎に気づくと軽く会釈《えしやく》した。となりの男はだれだ、という顔をしている。

「挨拶《あいさつ》しますかい」

吉治郎が呑馬に問うと、

「どんな男だ、頭はいいのか」

と、呑馬は妙なことを聞いた。

「間抜けではありませんね」

「おめえさんがそういうのなら、知りあいになっておいても損はねえだろう」

辰五郎と呑馬の目があった。まえにどこかで会っているような気がしたが、どこで会っているのか呑馬は思いだせなかった。気のせいかもしれない。

呑馬が辰五郎に向かって歩いていった。

素早く刀を手にした手塚四十郎が片膝を立てた。

それを辰五郎が右手で制した。

吉治郎は辰五郎のまえに両膝をつき、

「こちらは、鎌倉河岸で居酒屋を営んでおられる呑馬さんとおっしゃいます。そちらはこの賭場の元締めで安食の辰五郎親分です」

呑馬は立ってみていた。

「まあ、お座りなせえ」

辰五郎が促すと、呑馬が腰をおろし、胡座《あぐら》をかいた。手にしていた五十枚ほどの駒札を丁寧に脇においた。

「儲《もう》かってるか」

呑馬が、ぞんざいな口調で聞いた。

辰五郎はにっと笑い、

「まあ、そこそこには」

といった。

「儲かっていれば、だれかの怨みを買い、命を狙われることもあるのだろうな」

呑馬の言葉を聞いた手塚がまた刀に手を伸ばした。だが辰五郎は笑顔で手塚を制し、

「まあ、肚《はら》ではどう思っているかわからねえ奴らも含めると……かなり」

といった。笑顔のままだが、目には厳しさを宿していた。

厳しさを増した辰五郎の目をじっとみていた呑馬が、懐から取りだした書きつけを差しだした。

「読んでみてくれ」

手をださない辰五郎をみて、手塚が手を伸ばした。

「辰五郎親分、これはあんたが直々《じきじき》に読んだほうがいいと思うぜ」

手塚が辰五郎をみた。

呑馬とみつめあっていた辰五郎がようやく手を伸ばし、書きつけを受け取った。

だが読もうとはせず、まだ呑馬をみつめている。

呑馬も目を逸《そ》らさなかった。

辰五郎が書きつけに目を落とした。

読んだ。

目の動きをとめても、辰五郎はしばらく脅迫状をみつめていた。そして顔をあげないままいった。

「あんたがおれを殺すのか」

脇から手塚四十郎が脅迫状を引ったくって読んだ。読み終わるとそのまま脇に投げ捨てた。と同時に刀を抜きながら手塚が立ちあがった。刹那《せつな》、刀は呑馬を真横に斬《き》り裂いていた。

呑馬が斬られた、とみた吉治郎は、思わず、あっ……と悲鳴にならない声をあげた。だがどうやってよけたものか、呑馬は手塚の切尖《きっさき》の届かないあたりにいて、片膝立ちをしていた。

顔だけをあげ、無表情で手塚をみている。

手塚が刀を上段に振りかぶった。

だれも声を発しなかったが、壺振りが手をとめてこちらをみたようで、博奕を打っていた客が一斉に顔を向けた。

白子屋も顔を向けたが、吉治郎に気づかなかったのか、気づいても気づかない素振りをしているのか、どちらかはわからない。だが、まちがいなく無視された。

「よせ……鉄火場を血で汚すのは縁起が悪い」

手塚の袖《そで》を引いてとめた辰五郎が立ちあがり、

「なに、ちょっとしたいきちがいがありまして。もうすみましたから、お騒がせして申し訳ありません。一杯奢《おご》りますので」

といい、賭場の客に向かって頭をさげた。

辰五郎の配下が、酒の注がれた湯呑みを手に客のあいだを廻りはじめた。

手塚は呑馬を睨《にら》んだまま、まだ刀を納めてはいなかった。

「このお方には殺気がねえ。いつかは寝首を掻かれるかもしれねえが、いまはそのときではねえようだ。いまがそのときなら、おれはすでに殺されている」

辰五郎はいい、手塚に刀を納めさせた。

「奥へおいで願えますか」

といって吉治郎に顔を向けた。

「親分が連れてきなすった客人だ。同席してもらいますぜ」

辰五郎は先に立ち、賭場を出ていった。

手塚はじっと呑馬をみていて動かなかった。

呑馬はすっと立ちあがり、辰五郎のあとを追った。

手塚が投げ捨てた書きつけをひょいと拾った吉治郎がつづいた。

それを見届けた手塚がついていった。

常夜灯の灯った廊下を歩きながら、吉治郎が書きつけを読んだ。

辰五郎と呑馬がなんの話をしているのかまったく蚊帳《かや》の外だったが、書きつけを読んでようやくわかった。

呑馬という人物は徒者《ただもの》ではない。裏の顔とはどのようなものか。脅迫状を書いた者は、裏の顔が奉行所に知られるくらいなら、呑馬は人殺しを厭《いと》わない、と踏んでいる。それならかなり重いものを背負っているはずだ。

吉治郎は、吉辰からとんでもない重荷を押しつけられたようで、かすかな不安を覚えた。

三

辰五郎が案内したのは六畳間であった。

三方が壁で、廊下を挟んだ雨戸はきっちり閉めきられていた。

擦りきれた畳が敷いてあるほかにはなにもない。障子にはところどころに新しい紙が張ってある。破れていた箇所をそこだけ修繕したようだ。空き家を、博奕場として四、五日借りているのだろう。

「さて……」

腰をおろして胡座をかいた辰五郎が右肘《みぎひじ》を太腿につき、まえのめりの格好で口をひらいた。

「おめえさん、なんのためにあっしに会いにきなすった」

「おれはあんたを殺すつもりなどねえ。それは信じてくれ。だけどな、脅迫状を書いたのはだれか、それを突きとめねえと、枕を高くして眠れねえのだ。それで、あんたがだれに怨まれているのか、それを聞いておこうと思ってな」

といって呑馬は言葉をきり、辰五郎をじっとみた。

「そいつは、おれがやらないと知れば、べつの殺し屋を差しむけるかもしれねえ。これはあんたへの忠告だ」

「おれを殺《や》らなければ、裏の顔を曝露《ばくろ》されるんじゃないのか」

辰五郎がいった。

「脅迫状を書いた奴がみつからねえ場合は、仙台《せんだい》か尾張《おわり》、あるいは薩摩《さつま》あたりに逃げればいい。いままでもそうやって生きてきたんでな」

「おめえさん、盗人《ぬすっと》か」

そんなことを認めるわけがない、と吉治郎は考えたが、呑馬はなんの屈託もなく、あっさり、

「東海道を股にかけてのな」

といった。岡っ引きのまえだということを忘れているのか、あるいは嘘だ。

呑馬が嘘を吐《つ》いている、と吉治郎は直観した。

「殺しは」

辰五郎が尋ねた。

「血をみるのは嫌《きれ》えなんだ」

「おれを怨んでいそうな人物の名は教えてやるが、おめえさんが怨まれている、そのことも考えておいたほうがいいかもしれねえな」

笑いながらそういい、辰五郎は三人の名を脅迫状の裏に書いてくれた。

それから賭場で半刻（約一時間）ほど遊んだ。呑馬と吉治郎の駒札をあわせて五両と一分になった。

『始末屋』については、すでに雁木の旦那《だんな》が聞きにきているはずだと吉治郎は考え、呑馬のまえではそのことを口にしなかった。


夜四つ刻（午後十時）をすぎていたが、まだ暖簾《のれん》を提《さ》げている居酒屋があった。木戸が閉まっているから、というわけではないだろうが客は疎《まば》らで、話し声だけが大きく響いていた。

木戸があるのは往還だけで、江戸のどこにでもつながっている路地を抜ければ、木戸番に咎め立てされることもない。

木戸は、公儀が、盗人対策はしっかりやっている、というのを町人にみせつけている『張ったり』にすぎないのである。

呑馬と吉治郎は長い飯台に腰をおろし、脇においた盆の料理をつつきながら酒を呑んでいた。

「吉辰にはまんまとのせられたようだな。喰えねえ野郎だ」

呑馬がいった。

「どうやらそのようですね」

吉辰は、呑馬が安食の辰五郎に会いにいけば、ただ顔を憶えてくるだけではすまず、必ず脅迫状の一件を持ちだすにちがいないと踏んだのだろう。

それを持ちだされたからといって怒るような辰五郎ではないことも、吉辰は方々から集まる情報《ねた》で充分承知していた。そこで呑馬の目と足になるのが、吉治郎というわけだ。

呑馬が、吉治郎の脇に鮫革《さめがわ》の財布をおいた。

「よかったらそれで、辰五郎が名を書いてくれた奴らをあたってくれねえか。なに、気が向かねえのなら、断ってもかまわねえぜ」

博奕で勝った五両一分のうち、一両一分は玄関の見張りに立っていた若い衆に、「これでみんなで酒でも呑んでくれ」

といってわたした。残りは呑馬と吉治郎が二両ずつわけていた。だが呑馬が吉治郎の脇においた鮫革の財布には、ざっと七、八両は入っていそうだった。

「三人の博徒のなかに、安食の辰五郎を殺したいと本気で考えている者がいるとしてもですぜ、親分に命じられればなんでもする配下はいるはずです。なにも、脅迫文まで書いておめえさんにやらせる必要はねえのじゃねえかと……しかも、おめえさんもいっておられたように、おめえさんが尻尾《しっぽ》を巻いて地方にでも逃げれば、ことは成し遂げられませんからね」

「うむ」

呑馬はいって腕を組んだ。

「それに……」

吉治郎が呑馬に顔を寄せた。

「なんだ」

「殺すまでの日切りが書いてねえことにも、脅迫状を書いた者の迷いがあるような気がしてならねえのでございますよ。もしかすると、脅迫状は、男の筆跡《て》に似せて女が書いたものかもしれませんねえ」

「女ねえ……」

女、と吉治郎にいわれて呑馬の頭に浮かんだのはお市だった。

始末の頼み人に女はいなかったし、『始末屋』をはじめてからは、女との深いつきあいは絶っていた。

そのころお市は『馬骨』の客で、出戻りだといっていた。

爺さんが板場に立ち、店が忙しくなりかけたころで、忙しさに慣れていない呑馬は、一人で右往左往していた。それをみかねたお市が手伝ってくれた。その手際のよさを気に入った呑馬が、

「仕事がねえのなら、ここで……」

と声をかけて働いてもらうようになった。

そんなお市に怨まれているとは思えなかったし、お市が呑馬の裏の顔を知るはずがない。だが、お市が辰五郎の元妾《めかけ》でなんらかの怨みを持ち、それを呑馬に晴らしてもらおうと企んだとすれば、話はわかる。

お市が奉公するようになって四年だ。仇討《あだう》ちをするのに四年は長すぎるが、たまたま呑馬の裏の顔を知り、吉辰とのつながりもわかって仇討ちを思いついた。

それなら平仄《ひょうそく》はあう。

「辰五郎の女のことは知らねえか」

呑馬が聞いた。

「妾が親分を怨みに思い、おめえさんに脅迫状を書いた、とお考えなのですかい」

吉治郎が笑った。

「そんな途方もねえことは考えてないが、ちょいと気になってな」

「たしか妾が一人いますが、女にはあまり執着なさらねえようでして」

「妾はいつごろから栫《かこ》っているのだ」

「もう随分《ずいぶん》になりますよ。十年にはならないが、それに近いでしょう」

それならお市ではない。

「辰五郎親分は、母親を大切にしていなさいまして、母親にやらせている『麦屋』という小料理屋の料理にけちをつけた奴を半殺しの目にあわせたとか、そんな噂を聞いたことがあります。そういえば、妾も年増《としま》だとか……」

吉治郎は盃をおき、

「まあ、三人の博徒にはあたってみやしょう。ですがこれはいただけません」

といって財布を押しやった。

雁木の旦那には隠しごとをすることになるが、辰五郎が命を狙われているとなると、放ってもおけまい、と考えたのだ。

吉治郎が裏者だったころ、安食の辰五郎には随分世話になった。

ある鉄火場でのことであったが、若かった吉治郎が、壺振りのいかさまを暴《あば》き立てた。それが元で胴元は憤激し、簀巻《すまき》にされそうになったのを辰五郎に助けてもらった。その恩を忘れてはいない。

「そうか、ここは親分に奢《おご》ってもらうつもりだったのだが、おれの奢りだな」

呑馬はなにごともなかったように財布をつかみ、懐にねじこんだ。

固持しない、呑馬のこういうところにも吉治郎は好感を持った。

「盗人だというのは本当のことですかい」

「そうはみえねえか」

「それなら尋ねますが、始末屋と呼ばれる人物のことは耳に入ってはおりませんか」

「聞いてる」

呑馬はあっさりいった。

吉治郎は安食の鉄火場でも湧きあがった思いが、ふたたび首をもたげてきた。

——胡散臭《うさんくさ》い——。

「盗人の耳って奴は、さまざまな噂話を拾うものなんだ。おのれの身を護《まも》るためにな」

「詳しい話を」

呑馬は吉治郎に体を寄せ、

「いや、そういう連中がいるらしい、という噂だけだな。どんな方法で後始末をしているのかなども、残念ながら、耳には入ってきてねえのだ」

といった。

吉治郎はきょうの昼間、むかしの裏者仲間に聞いて廻ったのだが、『始末屋』のことを耳にした者など一人もいなかった。

『始末屋』など、本当にいるのだろうか、と重い気分で霊巌島《れいがんじま》の家に戻ると、読売屋の吉辰の遣いの者が待っていて、辰五郎の賭場に案内をしてほしい者がいるのだが、とたのまれた。

「始末屋がどうかしたのか」

吉治郎が考えごとをしていると、呑馬が尋ねた。

「始末屋のことをちょいと小耳に挟んだものですから、気になりましてね」

　と吉治郎はいい、

「おめえさんにとっては厭《いや》なことでしょうが、聞いてもいいですかい」

　と尋ねた。

「厭なこととは」

「この脅迫状には……」

　といって吉治郎はあずかっていた脅迫状を懐から取りだした。

「もっとべつのなにかが書いてあったのではないか。それをあの部分だけ書き写して安食の辰五郎にみせたのではないか、とふと思ったものですからね。すべてをみせると、おめえさんにとってなにか不都合なことが辰五郎に知られてしまうとか」

　脅迫状を畳んだまま振ってみせ、ふたたび懐に仕舞いこんだ。

　呑馬はふっと顔を綻《ほころ》ばせ、

「岡っ引きというのは、さまざまなことを考えるものだな。恐れ入ったぜ。だが、脅迫文は正真正銘それだけだ」

　といい、吉治郎の盃に酌《しゃく》をした。

「いままでの話で、親分が頼りになる人物であることがわかった。いや、大したもんだ」

といいながら呑馬は、吉辰の玄関に放りこまれていた脅迫文にはべつの文言があったのかもしれない、と思わないでもなかった。だが呑馬が手にした書きつけの文言だけを吉辰が書き写してみせたとして、吉辰にどのような得があるというのだ。

いまの呑馬には理解の及ぶところではないが、なにかあるのかもしれない、と考え、いかん、いかん、どうも疑り深くなっている、と心のなかでおのれを笑った。

第四章　白骨の女『お七』

一

次の日。

出仕するために屋敷の木戸門をくぐろうとすると、いつものように吉治郎が待っていて、門をくぐり終わるかどうかという百合郎に向かって尋《たず》ねた。

「辰五郎の話はどうでした。始末屋の詳しいことがわかりやしたか」

「いや、安食は噂《うわさ》を耳にしただけで始末屋のことはなにも知らぬといっていた。嘘を吐《つ》いているようにはみえなかったな」

といい、百合郎はあとから出てきた江依太に目を向けた。

江依太がうなずいた。

「そっちはなにかつかめたのか」

奉行所に向かって歩きはじめた百合郎が聞いた。

「始末屋のことではねえのですが、ある裏者から、安食の辰五郎親分の命を狙っている奴がいるという話を耳にしやして……」

「辰五郎に忠告したのか」

吉治郎と辰五郎とはむかしからの知りあいで、信頼しあっているのも百合郎は知っている。

「あいつは信頼できる。辰五郎はいつだったか、吉治郎のことを、

「あいつが骨の髄《ずい》まで岡っ引きになったからだ。もしもおれに不利なことをいったとしても、それはあいつが骨の髄まで岡っ引きになったからだ。おれに対する裏切りではなく、岡っ引きに忠誠を誓ったまでのことだ。おれは怨まねえ」

といったのを百合郎は傍《かたわ》らで聞いている。

辰五郎の命が狙われていると吉治郎が知れば、忠告にいかないわけがない。

「へい。そのとき、辰五郎親分を怨んでいそうな人物を三人教えてもらいました。あっしはそっちをあたってみてえのですが、お許し願えましょうか。なにかありましたら鋳掛屋《いかけや》の伊三《いぞう》を使ってやってくださいまし」

呑馬が盗人《ぬすっと》だとすれば、盗人の片棒を担ぐことになる。呑馬のことを百合郎に話すわけにはいかなかった。

「わかった。だけどな、辰五郎を狙っているとなると、かなりやばな連中だろうから、気をつけろよ」

「へい、ありがとう存じます」

吉治郎は膝に両手をおいて腰を折った。

「はっきりした手証をつかんだら、話してくれ。おれも手を貸してやる」

吉治郎は、へい、といって頭をさげ、足早に歩き去った。

百合郎は険《けわ》しい顔で吉治郎のうしろ姿をじっとみていた。なにかが気になったのだが、それがなにかはわからなかった。歩き去るのがいつもより早い気もしたが、気になるのはそれではなかった。

「なにか気づかなかったか」

江依太も吉治郎を目で追っていた。

「早口でしたね。急いでいたのかもしれませんが」

「うむ……」

百合郎は妙な胸騒ぎを覚えながら、吉治郎が屋敷の角を曲がるまでみていた。

これといった事件を抱えていない百合郎は、奉行所の中間《ちゅうげん》に用箱を担がせ、江依太を連れて町廻りに出た。

小塚原の林から出た骨のことは気になっていたが、身元がわからないのではどうしようもない。

柴田玄庵の話を聞いても『見分書』を読んでも、小塚原の林で玄庵が話した以上の発見はなかった。

「あれが始末屋の仕業《しわざ》だったとしたら、始末屋に屍体の始末を頼んだ人物がいるんですよね」

脇を歩きながら、江依太がいった。

「そうだな」

「その人物が、小塚原の林から骨がみつかったことを知ったら、どうするでしょうか」

「なにがいいたいのだ。その人物が、たとえば始末屋に会いにいって、文句をいうとしても、こっちの耳には入らないだろう」

「ふと考えたんですよ。始末屋って、いつも穴を掘って屍体を埋めるのかなって」

百合郎は怪訝《けげん》な顔で江依太をみた。またなにかとんでもないことが閃《ひらめ》いた顔をしている。

「屍体を大八車に乗せて筵《むしろ》をかぶせ、どこかに運ぶとしても、手間暇がかかりますし、穴を掘るところや埋めるところを、だれかにみられる危険もありますよね」

「うむ……」

「それだったら、荷舟かなにかに屍体を乗せて海まで運び、そこで投げこめば、そのほうがだれにもみられず、手っ取り早いとは思いませんか。屍体はすぐ魚の餌《えさ》になるし、跡形も残りません」

「なにがいいてえのだ、単刀直入にいえ。おれが遠廻しないいかたを嫌いなことは、承知してるだろう」

「海に棄《す》てずに林に埋めたのにはなんらかの理由があるんじゃないか、と思いついた、それだけのことなんですがね」

「おまえのことだから、理由も考えたんだろう。早く話せ」

「好きな女をなんらかの理由で殺してしまった男が、土に埋めて葬《ほうむ》ってくれ、と始末屋に頼んだとしたら、どうでしょうか。好きだった女の骨がみつかった。その男ならどうすると思いますか。雁木の旦那《だんな》ならどうしますか」

「好きな女を殺したおれなら、自訴《じそ》するから、おまえの問いには答えられねえな」

江依太がなにかぼそぼそいったが、百合郎にはなにを呟《つぶや》いたのかわからなかった。最後の、

「朴念仁《ぼくねんじん》……」

という言葉だけがかろうじて聞き取れた。

「おまえがその男の身になったら、どうするのだ」

「女の骨を奪う」

「なんだと」

百合郎は足をとめ、啞然《あぜん》とした顔を江依太に向けた。

わずかにうしろを歩いていた奉行所の中間は、江依太が百合郎を怒らせたのだ、と誤解し、近づくまいとやや後退《あとずさ》りした。

「女の骨はどうしたのですか」

「無縁墓地に葬ることになっているが、まだ南茅場町の大番屋に安置されているはずだ」

百合郎は江依太のいったことに対して懐疑的だったが、まったくあり得ないこ

とでもない、と考えた。しかし、決まった町廻りを放りだすわけにはいかない。

「江依太、おまえは奉行所に戻り、川添《かわぞえ》さまにいまの話をとおしておけ。あとは川添さまがいいように取りはからってくださるはずだ」

『定町廻り』『臨時廻り』『隠密廻り』の三廻りは与力直属ではないため、筆頭同心の川添孫左衛門《まござえもん》は定町廻り同心のまとめ役で、その上は町奉行である。

「わかりました」

「だがな……」

「はい」

「川添さまがおまえの話に取りあわれなくても、がっかりした顔をみせるんじゃねえぞ。一人前の岡っ引きになりたかったら、内心を表情にだすな」

江依太は瞬時考えたが、

「承知しました」

といって奉行所に引き返した。

町廻りから戻った百合郎は川添孫左衛門に報告をすませ、

「江依太の話をお聞きになりましたか」

と尋ねてみた。聞かなくても答えはわかっていた。

――おれは江依太の閃きを信じるが――。

慎重居士《しんちょうこじ》の川添が、岡っ引き見習いの戯言《たわごと》で配下を動かすとは思えなかった。

それでも、川添に話してみろ、と江依太にいったのは、百合郎の頭のどこかで、あり得ない話ではない、と囁《ささや》く声が聞こえたからだ。

「なんの話だ。江依太には会っておらぬが」

川添が怪訝な顔をして百合郎をみた。

「そうでしたか。江依太が、小塚原でみつかった骨を奪う者がいるかもしれない、といいだしたものですから、一応、川添さまに話しておけと、そのようにいいつけまして……」

「莫迦《ばか》なことを」

「はい、江依太もそのように考え直したのでしょう。ところで、いまあの白骨はどこに」

「埋めるよう、中間にいいつけたので、無縁墓地だろう」

奉行所が使っている無縁墓地は、芝口《しばぐち》にある本福寺《ほんぷくじ》だった。

退所届けを提出した百合郎は、そこへ足を向けた。江依太はそこにいる、と確信していたからだ。

穴を掘り、屍体を焼いた骨を投げこむだけの無縁墓地でも、隅に『無縁墓地』と刻まれた墓石が一基だけ立っていて、砂の盛られた椀《わん》に線香が燃え残っている。墓石の両脇の地面に打ちこまれた孟宗竹《もうそうちく》の花生けに、摘《つ》み立てらしい嫁菜《よめな》があった。住職が添えたのだろうか。

百合郎は墓石の脇に立っていた。影が長く、百合郎の影の頭のあたりに新しく掘り返された土の跡がみえている。

「百合郎さま……」

どこでみていたのか、江依太がやってきて百合郎の脇に立った。

「川添さまには話さなかったんだってな」

江依太は照れたように笑い、

「奉行所に引き返しながら考えたら、あり得ないように思えてきまして……」

といった。

「それでもここまで骨についてきたのか」

「大番屋にいたら、骨を埋めるという中間が二人やってきましたので、なんとなくついてきました」

百合郎と江依太は無縁墓地の端に立ち、掘り返された土をみていた。

寺の生け垣に身を隠し、冷たい風のなかに立つ百合郎と江依太をみていた者がいた。

読売屋の吉辰だった。

「あいつら、あそこでなにをしているのだ」

いって踵《きびす》を返し、歩き去った。


「どうだった」

深川《ふかがわ》の名のとおった料理屋で待っていた男がいった。二十代後半の、肌の蒼白《あおじろ》い優男《やさおとこ》で、落ち着きがなかった。

名を力弥《りきや》というが、名とは裏腹の弱々しさを露《あら》わにしていた。

食卓にならんでいる料理にも手はつけていない。

「吉辰、お七《しち》の遺骨は取り戻せるのだろうな」

無表情の吉辰にしてはめずらしく、渋い顔をした。

昨日の夕刻のことを思いだしたからである。

「吉辰、あの……」

といいながら『吉辰屋』の暖簾《のれん》を掻き分け、血相を変えた力弥が店に飛びこんできた。

顔をみた吉辰は片手をあげ、広げた掌《てのひら》を突きだして力弥をとめた。そのあと、まだ仕事をしている職人に目だけを向けた。

気づいた力弥は口を噤《つぐ》んだ。が、苛立《いらだ》たしそうに足踏みをしていた。

吉辰は、呑馬に送られて戻ってきたばかりだったが、

「出てくるよ」

といい残して店を出た。

店の奥で力弥と話すわけにはいかない。後架《こうか》（厠《かわや》）にいくために偶然とおりかかったとしても、職人に聞かれれば身を滅ぼしかねない内容だからだ。

吉辰が『始末屋』の一味であることを知っている職人はいない。

二

吉辰は馴染《なじ》みの小料理屋へいった。

ここの二階は四畳半が二部屋で、襖《ふすま》を閉めればとなりの部屋の話し声は聞こえないし、古い家だから、階段や廊下をひとが歩けば軋《きし》んでそれとわかる。

二階は二部屋とも空いているという。

吉辰は女将《おかみ》に、

「酒と料理を見繕《みつくろ》って、二人前頼む」

といい、二階へあがった。

廊下の奥に目を配ったあと、襖を閉めて座ると、力弥が懐から瓦版《かわらばん》を引っ張りだしてみせた。

吉辰はそれを受け取って広げた。読むまえから、おどろおどろしい骨の絵で、内容がわかった。ざっと目をとおすと、やはり小塚原でみつかった骨のことが、三箇所の誤字でしたためられてあった。まちがった言葉遣《づか》いも一箇所ある。

売りだした版元は、煽《あお》り記事を書くのを得意としていて、吉辰とも顔見知りだった。顔をあわせるたびに、もっと売れる工夫をしねえな、と忠告してくれる。

「それ、お七だろう」

力弥が声を張りあげた。故意にではなく、興奮のせいで、つい大声になったようだ。

吉辰は惚《とぼ》けることができなかった。

ちがうといえば、お七の屍体をどこに埋めたのか執拗《しつよう》に問いただし、骨を掘り返してくれ、といいだすに決まっている。

そうでなくても、力弥は幾度か『吉辰屋』にやってきて、

「お七がいないのは耐えられない」

と、おのれが殺したことを忘れたかのように苦悶《くもん》していた。

お七は十八歳で、下谷同朋町《したやどうぼうちょう》に大店《おおだな》をかまえる恵比寿屋《えびすや》という質屋の若旦那、力弥に栫《かこ》われていた。

そのお七がこともあろうに、力弥の父親と浮気をしたのだ。

妾宅《しょうたく》から父親が出ていく姿をみつけた力弥は、お七に詰め寄った。

父親はようすをみに寄っただけだとお七はいったが、悋気《りんき》の性の力弥は我をなくし、気がつくと首を絞めてお七を殺していた。

宗壽《そうじゅ》を知っていたのは力弥の父親、豪右衛門《ごうえもん》であった。

屍体の始末を引き受けた吉辰と呑馬は、お七の屍体を袖ケ浦《そでがうら》まで運び、海に沈めるつもりだった。だが力弥は、

「もしも海に棄てるつもりなら、それはやめて、どこかに埋めてくれ。お七の体が魚の餌食《えじき》になると思うと、耐えられない」

といって泣きついた。

無論、お七の屍体をどうするかなど、力弥に話したりはしなかったが、屍体を始末するなら大川か海、と察したのだろう。

呑馬は不満そうだったが、海に流す、というごり押しはしなかった。だが、

「埋めた場所を力弥に知らせてはならねえよ」

と釘《くぎ》を刺した。力弥の混乱振りから、知らせれば掘り返すにちがいない、と危惧《きぐ》したようだ。

あのことがあってから力弥は離家《はなれ》に引き籠もり、父親とは口も利いていない、といっている。

力弥はいまにも錯乱しそうになっていた。

吉辰が豪右衛門から聞いたところによると、お七がいったとおり、ようすをみ

に寄っただけだといった。その折り、当座の小遣いにと五両ほどお七にわたしたともいった。本当かどうかはわからない。

吉辰は、

――この男を殺さなければならない日がくるかもしれない――。

と考えていた。

力弥に、お七だろう、と尋ねられたとき、ちがう、とはいえなかった。

力弥は希望をみいだしたようであった。

顔に血の気が戻り、

「お七の遺骨を取り戻してくれ」

と懇願《こんがん》したのだった。

「取り戻せるんだろうな」

力弥が重ねていった。

「町方同心が骨を埋めた無縁墓地に立っていました」

「なに、どういうことだ」

「こっちの肚《はら》が読まれている、と考えるべきでしょうね。いたのは南の同心で、鬼瓦とか一直線莫迦などと呼ばれている役人です」

「おれがお七の骨を取り戻そうとしているのに、その同心は気づいている、といいたいのか、あんたは」

「はっきりとはわかりません。ですが、無縁墓地に骨を葬るのに、同心が立ちあうなどとは考えられません。あそこに同心がいたということを考えあわせると」

力弥の顔から血の気が引いた。

「待ち伏せ……か」

「そのようですね」

「…………」

「お七の骨は必ず手に入れて差しあげると約束しますが、それはほとぼりが冷めたあとにしましょう。なに、ひと月ほどの辛抱ですよ」

「しかし……おれは……」

「お七殺しで奉行所に捕まってもいいのですか。同心は、おまえさんを捕らえようと、網を張ってるんですよ。捕まれば死罪ですよ」

力弥はしばらく考えていたが、やがて、

「死ねばお七のところにいけるだろうか……」

と、ぽつりと呟いた。

昨日の輝いた顔はどこへやら、落ちこみ、蒼白い顔をしていた。

吉辰はいままでひとを殺したことはなかったが、心の弱い力弥を生かしておいては『始末屋』にどのような厄《わざわい》が降りかかるかわからない、と考え、憂鬱《ゆううつ》になった。だが、女房のことで、呑馬には恩義を感じている。

吉辰は力弥の首をみた。細く、いかにもひ弱そうであった。

第五章　宗壽殺《そうじゅ》される

一

屍体を発見したのは賄《まかな》いにかよっている近所の女房だった。

「はい……血が流れてまして……わたしはもう、なにがなにやらわからず、腰を抜かしたようで、よく憶えていないのですが、覗《のぞ》きこんでいる近所のひとに、声をかけられまして……わたしが悲鳴をあげたので、ようすをみにきたのだとか」

「隠居所のまえを歩いていたら悲鳴が聞こえました。それで覗いたら、ひとがたおれていて、血を流しているのはみえました。それがだれかはわかりませんでした。このままにしてはおけないと思いまして、若いのを自身番に走らせたわけでして……」

いまはもう引き取ってもらっているが、初老の大工がそのようにいっていた。

奉行所に知らせに走ってきたのは、自身番の番太だった。

屍体は俯《うつぶ》せにたおれていて、背中にべっとり血がついていた。

百合郎といっしょに現場に駆けつけた南町奉行所定町廻り同心の由良昌之助《ゆらまさのすけ》が、岡っ引きの作造《さくぞう》に命じ、顔がみえるように屍体を仰向かせた。

作造はついふた月ほどまえまでは『岡っ引き見習い』のような格好で由良について廻っていた男だ。

仲間の三太《さんた》が、百合郎を助けようとして殺された。そのことで由良の心が動きでもしたのか、岡っ引きのお墨つきともいえる『手札』を貰《もら》っていた。

百合郎と由良は反《そ》りがあわないというか、犬猿の仲のような立場にいる。それなのになぜか、三太が百合郎を助けようとして死んだ、と聞いても、由良が百合郎を責めるようなことはなかった。

どのような心境の変化が由良に生じたのかはわからない。百合郎は、なにか不気味なものを覚えていた。

由良といっしょに現場に出張《でば》るというのは極力避けたかった。ほかの同心は町廻りに出たあとで、奉行所に残っていたのは由良と百合郎だけだった。そのため、

「町廻りの件はわしがなにしておくから、二人でいけ」

と、川添孫左衛門に命じられたのだ。筆頭同心に命じられれば否応《いやおう》はない。

由良は元々はがっちりした体の男だったが、このところはやや瘦《や》せ、蟹股《がにまた》も目立たなくなっている。みようによっては二枚目だともいえる。そのためか、商売女にはよくもてるようで、浮いた噂《うわさ》と酒のうえでの失敗談にはこと欠かない。

由良は仰向かせた屍体にじっと目をやっていたが、やがて顔をあげ、

「旦那《だんな》か」

と、賄いの女房に尋《たず》ねた。

屍体を仰向けにしたとき、女房が悲鳴をあげたのには気づいたはずだが、はっきり、旦那さまです、という言質《げんち》を取りたかったようだ。

「は……はい……旦那さまでございます」

口を押さえながら女房がいった。

賄いの女房は、屍体を、四国屋の元主人三五兵衛《さごべえ》だと確認した。いまは隠居して宗壽《そうじゅ》と名のっている。

「こいつはもの盗《と》りにちがいありませんぜ」

作造がいった。いかにも経験豊富な岡っ引きのものいいで、手札を貰うまえの、半端者《はんぱもの》ふうの言葉遣《づか》いとは雲泥《うんでい》の差があった。その言葉遣いをどこで仕入れたの

か、百合郎には見当もつかなかった。

ひとは地位を得ると、途端に言葉遣いまで変わるものだろうか。

いって作造は江依太に目をやり、右手に持っていた十手《じって》で左の掌《てのひら》をぴしっと叩いたあと、にやっと、下卑《げび》た笑いを浮かべた。

作造はなぜか江依太に敵愾心《てきがいしん》を持っていて、先に手札を貰ったことが自慢でならないようだ。

臓腑《はらわた》は煮えくり返っているはずだが江依太はそれを表情にはださず、屍体に目を向けている。それとも、臓腑は煮えくり返っていないのか。江依太は、おのれを助けようとして三太が死んだあと、作造にかまわなくなっていた。

「どうしてもの盗りだと思うのだ、作造」

由良が聞いた。

「そこらじゅうが引っ掻き廻されているし、落ちているものに血がついておりやす。これは、殺したあと、血のついた手で触ったからに他ならねえでございましょう」

ひと目この現場をみた百合郎も、引っかかるものを覚えていた。

四国屋三五兵衛の息子、佐左衛門が殺された六年まえの現場とそっくりなのだ。

しかも、寝間着ではなく普段着で腹を刺されて死んでいるのまでおなじだった。

そのうえ、作造は、鈴木頼母とまったくおなじことをいっている。

この殺しは、六年まえのあの殺しとつながりがある、と頭の隅でだれかが囁《ささや》く声を百合郎は聞いていた。

「たしかにな……だが、決めつけるのは早い。だれかがもの盗りのようにみせかけたのかもしれねえ」

由良がいった。

百合郎と江依太が互いの顔をみた。二か月まえの由良なら、ひと目でもの盗りだと決めつけ、あとは百合郎に任せてさっさと引きあげたにちがいないのだ。

「どう思う、雁木」

由良がおれに意見を聞くことなど、天と地がひっくり返ろうとあり得るはずがない、と思いこんでいた百合郎は驚き、

「わたしも由良さまの意見に賛成です」

咄嗟《とっさ》に口をついて出た言葉がそれだった。

「うむ……」

検視医の柴田玄庵がくるまで、百合郎と江依太は、ほかの部屋もみて廻った。

宗壽が殺されていた居間のほかに、客間と寝間、茶室があった。

客間には箪笥《たんす》などはなく長火鉢だけがおいてあったため、荒らされてはいなかった。寝間には、衣類を仕舞う八段の桐《きり》箪笥があったが、抽斗《ひきだし》が引っ張りだされ、衣類が方々に散らかっていた。

茶室はあらされておらず、造りつけの棚には、桐の箱がびっしり詰めこまれていた。ひとつを取ってあけると、なかは茶碗で、いかにも高価そうだった。

茶室には小さな囲炉裏《いろり》がきってあった。床の間もついていたが、掛け軸や花はなく、茶釜用と思われる小さな柄杓《ひしゃく》が、床の間の脇に放り投げてあった。

「下手人《げしゅにん》の手掛かりらしいものはありませんね」

江依太がいった。

「玄庵医師《せんせい》がおみえだぞ」

由良の声が聞こえた。いままでの由良なら、玄庵がきたからといって、百合郎を呼んでくれることなど考えられなかった。

居間にいくと、医生を連れた玄庵が立って屍体をみていた。

百合郎と軽く挨拶《あいさつ》を交わすと、すぐ屍体の検視に取りかかった。

六年まえ、玄庵はまだ南町奉行所の検視医ではなかったので、佐左衛門が殺された事件は知らないはずだ。

いまは臨時廻り同心に異動になっている鈴木頼母に、この現状をみせたらどういうだろうか、と考えた。鈴木なら、

「もの盗りの仕業《しわざ》だ。下手人を捕まえるのは難しいだろうな」

とのひとことで片づけ、真剣に取り調べようともしないにちがいない。六年まえがそうであった。

屍体の帯を解いた玄庵は袷《あわせ》の襟《えり》を広げ、長襦袢《ながジユバン》の紐《ひも》も解いて胸と腹がみえるようにした。

宗壽の腹にはたっぷり肉がつき、樽《たる》をのんだように突きだしていた。臍下《せいか》にある傷口は血まみれでよくみえなかった。褌《ふんどし》も血で染まっていた。

医生が立ちあがってどこかへいった。

玄庵は薬籠《やくろう》のなかから鋏《はさみ》を取りだし、紐を切って褌をはずした。血に染まった魔羅《まら》がだらりとたれていた。

作造は眉間《みけん》に深いしわを寄せ、顔を背けた。だが江依太は、いつものように表情を変えずにみている。

百合郎は、この度胸のよさを江依太はどこで培《つちか》ったのだろう、と思わずにはい

られなかった。

戻ってきた医生の手には、濡らした手拭《てぬぐ》いがあった。

それを受け取った玄庵が腹の血を拭い取った。

蒼白《あおじろ》い腹に四箇所の刺し傷がみえた。九寸五分《あいくち》のような細引きの刃物ではなく、傷口は広かった。包丁だろうか。

玄庵はその傷口に、目盛りのついた竹籤《たけひご》のようなものを差しこんだ。

「これは浅い……躊躇《ためら》い傷かもしれぬな」

躊躇い傷をつけるのは、殺しに馴《な》れていない証《あかし》だ。

「これは深いな、四寸（約十二センチ）ある。こっちが六寸（約十八センチ）。これが致命傷だろう。痩せていれば、背中に抜けそうな深さだ」

下手人に微《かす》かな躊躇いはあった。だが腹を四箇所も刺し、確実に殺そうとしている。となると、もの盗りではなく、殺すために押し入ったとみるほうが合点がいく。殺すための得物《えもの》も用意していたのだろう。

「得物はおそらく包丁だな」

得物が包丁なら、下手人は素人《しろうと》だ。裏者や遊び人なら九寸五分《あいくち》を使うだろうし、浪人者なら、刀でばっさりやる。

玄庵は医生の手を借りて屍体を腹這いにした。背中にも一箇所、傷があった。

「これは浅い。まず背中を刺し、振り向いたところを、体ごとぶつかっていった、とみていいだろうな」

と玄庵はいい、

「体の節々の固まりかたや血の乾き具合からみて、殺されたのは四刻（約八時間）から五刻（十時間）まえだな」

とつづけた。

とすると、殺されたのは夜中だ。

そのころ百合郎は、無縁墓地を見張っていた。

江依太は、単なる思いつきで大した意味はない、と軽く流したようであったが、百合郎は、逆に、

「骨を奪い返しにくる者がいるのでは……」

という江依太の閃《ひらめ》きを重く受けとめるようになっていた。

奉行所が利用している無縁墓地は芝口の本福寺で、江戸町人には広く知られている。骨を盗むつもりならだれにでも雑作なくできる。

しかも、埋められたばかりの場所は、そこが目印であるかのように、掘り返し

た土が真新しいのだ。
百合郎は筵《むしろ》を敷いた寺の床下に寝転がり、東の空が明るくなるまで見張ってい
た。だが昨夜、骨を盗みにきた者はいなかった。
暁方《あけがた》屋敷に戻った百合郎は裏口から入り、一刻（約二時間）ほど眠った。
両親にも江依太にも気づかれたようすはなかった。
あとで吉治郎の配下の鋳掛屋《いかけや》の伊三に会いにいき、しばらく無縁墓地に張りつ
いてくれるよう、話をつけなければならない、と考えていた矢先の、宗壽殺しだ
った。
玄庵は屍体を引っ繰り返して背中や頭のうしろなどをみていた。殴られた傷が
ないかどうかたしかめていたようだが、百合郎がみるところ、腹の刺し傷のほか
には、引っ掻き傷もない。
爪のあいだにもなにもなかった。
「この屍体は……無論生きておるときの話だが、下手人を引っ掻いてはおらぬ」
と玄庵はいい、立ちあがった。
医生に着物を着せられた宗壽の屍体は戸板にのせられ、奉行所の中間《ちゅうげん》によって
南茅場町の大番屋へ運ばれていった。

百合郎たちには屍体のない現場が残された。

二

「失くなっているものはあるかね……えっと、名はなんという」

由良昌之助が、賄いの女房に尋ねた。

「末《すえ》といいます」

「よし、お末、ゆっくりでいいから、ここにあった、とおめえが憶えているもので、失くなっているものを教えてくれ。なんでも、どんな小さなものでもかまわねえ。いや、小さなものが手掛かりになることも多いのだ。まず、銭がどこにおいてあったのか、それをたしかめてくれねえか」

百合郎と江依太はふたたび顔を見合わせた。顔や身形《みなり》はたしかに由良昌之助だが、目のまえにいるのは別人のようで、俄《にわか》には信じられなかったからである。

——そういえば——。

由良の近くにいくことを百合郎は極力避けようとしてきた。だが朝会などでたまたま近くに座らざるを得ないことも一度や二度はあった。そのとき、由良から酒のにおいがしなかったことに、いま気づいた。

使っていた岡っ引きの権多郎《ごんたろう》が殺されたころの由良は、昨夜の酒が残っていて、朝っぱらから酒のにおいに取り巻かれていたものだ。

いつごろから酒のにおいがしなくなったのか、百合郎は気づかなかった。しかし、相変わらず顔色はよくない。

権多郎が殺されたことには責めを感じていなかったようだが、岡っ引き見習いの三太が殺されたあとは、かなり落ちこんでいたのを百合郎は知っていた。

由良には、

「おれを助けようとして三太は浪人者に斬《き》り殺されました」

と伝えたが、実は、人質になった江依太を助けようとして死んだのだ。そのことを知っているのは百合郎と江依太だけで、筆頭同心の川添孫左衛門にさえも、作り話でとおしている。

三太が殺されたことと、由良が変わったことに関わりがあるのだろうか、とも考えたが、由良が三太を、ことのほか可愛がっていたようすはなかった。

「ここに鑑定書の写しがあったはずなのですが……」

宗壽がここから鑑定書をだし、それに目をとおしているのを幾度かみかけた、とお末はいった。

鑑定書は、茶器の目利きを依頼してきた客にわたすものだが、なにかのときのために写しを残しておくのだ、と宗壽がいったのをお末は憶えていた。

お末がみているのは宗壽が殺されていた居間の、桐簞笥の小抽斗だった。抽斗は床に放りだされていたが、書きつけのようなものは散らばっていなかった。

「鑑定書の写しは何枚くらいあったのだ」

鑑定書から名が知れることを恐れた下手人が盗んだとも考えられる。

「さあ、それはわかりませんが、この抽斗に八分目ほど……」

いいながらお末は、いまにも泣きだしそうな表情をした。

抽斗の深さは四寸ほどある。ここに鑑定書が八分目ほど入っていたとなると、五十枚は超える。

「ここにはいつも、米、味噌、醬油、酒などの月々の支払いのために五両の金子《きんす》が入れてありましたが、それもなくなっています」

お末が指し示したのは、鑑定書が入っていたという抽斗のとなりの抽斗で、それは半分だけ引っ張りだされていたが、なかは空だった。

「ほかに金の隠し場所はなかったのか」

由良が聞いた。

「わたしは朝晩くるだけの賄いですから、立ち入ったことはわかりません」

百両や二百両の金子があってもおかしくはない暮らしのようだと、百合郎もそのようにみた。

「やっぱりもの盗りですね、由良さま」

作造がいった。

「お末さん、厨《くりや》にいって、包丁をみてくれませんか」

江依太がいった。

作造が江依太を睨《にら》みつけた。よけいなことをいうな、と考えたようだ。

宗壽の隠居所の厨は板敷きだったが、囲炉裏などはきってなかった。竈《かまど》は板の間から薪《まき》をくべる作りで、鍋はのっていない。ひと月では使いきれないほどの割木《わりき》が竈の脇に積んであった。

流しの木桶《きおけ》は畳四分の一程度の大きさで、深さが三寸（約九センチ）ほどあった。現代の台所の流しとちがい、江戸の流しは下水とはつながっていない。

食器を洗ったあとの汚水は、流しそのものを抱え、裏庭か下水に捨てるしかない。女の力では、重く大きな流しを抱えて運ぶことはできない。そのため、小さめの流しが主流になっていたのである。

流しの下に扉つきの棚が作りつけられてあった。

お末が観音《かんのん》開きの扉をひらくと、包丁掛けにさがっている包丁が二本みえた。

お末は青い顔をして振り返り、

「一本……失くなっております」

と、震える声でいった。

下手人は、得物を手に押しこんできた、と百合郎は考えていた。包丁が失くなっているとなると、その考えは改めなければならないが、宗壽の腹の六寸の傷には、相手を確実に殺すという固い決意が読み取れる。

この隠居所にやってきたときの下手人には、宗壽を殺すつもりなどなかった。

ここで宗壽と話しあっているうちに、なんらかの事情で話がこじれた。

下手人は激昂《げっこう》し、つい包丁を手にして宗壽を刺し殺した、と考えれば辻褄《つじつま》はあう。刺し傷が多いのも、納得できる。ひとは激昂すれば我を忘れる。下手人は、何度刺したかも憶えていないにちがいない。だがそうなると、もの盗りにみせかけるために現場を作った冷静さは、どう考えればいいのか。

「旦那がだれかに怨まれていたとか、だれかと仲違《なかたが》いしていて険悪だったとか、そんな話は耳に入ってねえかい」

百合郎がお末に尋ねた。朝夕の賄いにきているだけの女房に、そんなことがわかるとは思えなかったが、なにかをみるか、聞くかしているかもしれない、と思ったのだ。

「さあ……」

といってやや考えていた。なにかを知っていて、話そうか話すまいか、迷っているふうだった。

お末が口をひらこうとしたとき、

「父上」

叫びながら三十まえとみえる男が玄関から飛びこんできた。

息子だろうが、宗壽は七十代にみえた。それなら宗壽が四十代に生ませた子、ということになるが、妾《めかけ》の子かもしれない、と百合郎は思った。

宗壽とは似ていない。宗壽は、どちらかといえば角張った顔をしていたが、飛びこんできた男は、細面《ほそおもて》だった。

うしろから番頭らしいのがついてきていた。

「父上は……」

細面はいいながら、百合郎の顔にちらっと目をくれ、

「本当に殺されたのですか」

という言葉を発したときは、由良の顔をみていた。この場を仕切っているのは、この年上の町方役人だ、と考えたようだ。

「息子にしては若《わけ》えようだが……」

由良が聞いた。

「養子です。林之助《りんのすけ》といいます」

「四国屋の当主です」

番頭ふうが横から口を挟んだ。

「そうか」

「父はどこですか」

「検視のために大番屋へ運んだ」

「遺体はいつ……葬儀の日取りを決めなくてはならないので、返してもらえる日を知りたいのですが」

父上、と叫びながら玄関に飛びこんできたが、父親が殺されたようすより先に

葬儀のことが頭に浮かぶようでは、取り乱しているとはいえない。

いつ養子として迎えられたのかはわからないが、この歳で主人におさまっているのは、宗壽に、その商才を買われているからだろう。

二十代で無理矢理隠居させられ、六年まえに三十九で殺された実の息子とは大ちがいだ。

百合郎の目には、林之助はやや冷たく映ったが、大店《おおだな》を仕切るには、ある種の非情さも必要なのかもしれない。

「明日だろうな」

由良がいった。

「自身番の番太は、父は殺されたらしいといっていましたが、下手人の見当はついているのですか」

「それはおめえさんや……番頭か」

といって由良は番頭ふうの男に目をやった。

「はい、二番番頭の十茂八《ともはち》と申します」

「そうかい。下手人の見当は、おめえさんらから話を聞いてからだ」

といって由良は百合郎に目をくれ、

「番頭を頼む。おれはご主人どのを」

といった。

二人をわけて話を聞いたほうが、互いに気を使うことがないし、目配せや、言葉尻を奪っての誤魔化《ごまか》しもできない。

二人の口書《くちがき》を取る場合、別々にするのは町方同心の心得だ。が、どちらにせよ、嘘を吐《つ》くのをやめさせることはできない。

そこは、同心の技量で見抜くしかない。

あとで話を聞きにいくから、といって、お末は長屋に帰した。

百合郎は、番頭の十茂八を厨に連れていった。

竈に火を入れるように江依太にいいつけた百合郎は、十茂八を促して板の間に座った。

江依太は燧石《ひうちいし》に油の染みた綿を巻きつけ、石を打って火を熾《おこ》した。それを硫黄《いおう》の塗ってある附木《つけぎ》に移し、竈のなかに積んであった細柴《ほそしば》に焚《た》きつけた。

細柴が勢いよく燃えあがったところで、細く割った薪をゆっくりのせた。

薪に火が廻るのを待つあいだ、土間においてあった水甕《みずがめ》から鉄瓶《てつびん》に水を汲《く》み入れ、竈にかけた。

　薪に火が廻ったのをみはからった江依太が、二、三本の薪をくべ足した。そのあと、ごそごそと棚を漁《あさ》っていたが、茶壺をみつけたらしく、にっと笑った。

「こういってはなんですが、なんとも、愛らしい岡っ引きさんですなあ」

　十茂八が感じ入ったようにいった。

　江依太の動きや、炎をみて十茂八の心をほぐすのが、百合郎の狙いであった。そのために、火がつくまで話をはじめなかったのである。

　炎がひとの心をときほぐすのを百合郎は知っていた。

「隠居がだれかに怨まれているとか、憎まれているとか、そんな話は聞いてねえか」

「そのことですが……亡くなったひとを悪くいうつもりはないのですが、お役人さまがお調べになれば、どこからか耳に入ってくるような話ですので、わたしから話します」

　といって十茂八は言葉をきり、やや間を取った。

「ご隠居さまは、お店《たな》ひと筋のお方でございまして……四国屋のためにならないと考えれば、実の息子でさえ、若くして隠居させるような、非情な面をお持ちでした」

薪に火がつき、ぱちぱちと爆《は》ぜはじめた。

十茂八はそれに目をやり、しばらくみていた。

「お得意さまでも、四国屋のためにならないとお思いになれば、すぐ取引をやめるようなところもありましたので、怨んでいた者もいないとはいえないかと……」

十茂八が微妙ないい廻しをしているのは、宗壽に遠慮があるためだろう。

若くして隠居させられた佐左衛門に同情していたため、宗壽のことを話すつもりになったが、やはりあけすけにはいえない、ということだろうか。

十茂八は四十そこそこで、佐左衛門とはほぼ同年配だ。

「例えば……だれだ」

百合郎が聞いた。

江依太は竈のまえに座り、火の具合をみながら十茂八の話を帳面に書き取っている。

「あげればきりがありませんから」

「あとであいつに書き取らせる」

といって百合郎は江依太をみた。

「ご隠居なされてからなにをしておられたのか、わたしども奉公人の知るところではありませんが、四国屋と完全に縁がきれたとは申せますまい」

「いまの主人、林之助を裏で操《あやつ》っていた、と考えているのか」

「先代さまの性格から考えましても……いくら商才を見込んで養子に迎えたとしても、林之助さまにすべてを任せるとは思えませんのでして。先代は四国屋の三代目ですが、いまの身代を築きあげられたのはほぼ三代目一人のお力ですから」

と十茂八はいい、居間のほうに顔を向けた。そちらでは、由良が林之助の話を聞いている。が、話し声は届いていなかった。

「六年まえ、佐左衛門が殺されたあと、四国屋でなにか揉《も》めごとがあったらしいと、小耳に挟んだのだが、それはまことか」

十茂八が顔をあげて正面から百合郎をみた。

「やはりそれを憶えておいででしたか」

「やはり……とはなんだ」

百合郎は訝《いぶか》った。

三

「雁木さまはお忘れでしょうが、わたしは、四国屋に二度ほどおみえになった雁木さまを憶えておりましたので」

百合郎が四国屋で会ったのは奉公人という名の人々で、十茂八を憶えていなかった。十茂八は「鬼瓦」を憶えていたにちがいない。

「おれはおめえから話を聞いたのか」

「はい、佐左衛門を殺した人物に心あたりはないか、と」

「で、おめえはなんと答えた」

「ありません、とひとこと。ですがいまおなじことを尋ねられましたら、もしかすると、先代か、あるいは、先代に頼まれただれかに殺されたかもしれません、と答えると思います」

先ほどまで『先代さま』といっていたのに、『さま』が取れていた。

書きものをしていた江依太が、百合郎に顔を向けた。

「おめえ、いま大変なことをいったのだぞ、わかってるか」

「はい」

「詳しく話せるか」

「知ってることなら」

百合郎は、宝引《ほうびき》で一等賞を引きあてたような心境になり、心が躍った。

宝引とは、賞品を結びつけた何本もの紐を束ねて縒《よ》りをかけ、それを人々に引かせる福引の一種だ。賞品を結びつけた紐と、引く紐のつながりがわからなくなるように、縒りの部分は紙を巻いて隠してある。

「よし、話してくれ」

「わたしは佐左衛門さまとはほぼおない歳で、十二、三歳からの佐左衛門さまを知っておりますが、二十歳《はたち》まえには、すでに先代から、四国屋を継げる器ではない、と見限られておりました」

江依太が、十茂八のまえに湯呑みをおいた。

十茂八は江依太に頭をさげ、湯呑みを手にしてひと口すすった。そのあと湯呑みを覗きこみ、顔をあげて江依太をみたあとうなずいた。

茶が旨《うま》かったようだ。

「とはいえ、佐左衛門さまが放蕩《ほうとう》だったとか、やる気がなかったとか、そのようなことではないのです。佐左衛門さまは、先代の期待に応えようと必死にやっておられました。それでも、先代の期待が大きすぎたのでしょう、あるとき先代から、四国屋の跡を継がせるつもりはない、といいわたされたのでございます」

佐左衛門はそのあとすぐ別荘を買い与えられ、店を追いだされてそこで暮らすようになった。そのときはまだ隠居とはいわれなかったが、隠居同然であったようだ。

嫁ももらったが、五年たっても子ができなかった嫁は、三五兵衛に離縁されたのだという。

「離縁されたお内儀《かみ》さんも怨んでおられたと思います。ですが、いまはべつの方に嫁《とつ》がれて、五人のお子に恵まれておられると聞いております」

十茂八は泪《なみだ》を浮かべていた。

「おめえさん、佐左衛門が好きだったのだな」

「佐左衛門さまから、先代を追放する計画を立てているのだが、協力してくれないかと、そのころ手代だったわたしは誘われました」

といって十茂八はうつむいた。

「小心者のわたしは、佐左衛門さまの、先代を追放するという策略が怖く……」

すぐ断ったので、計画の内容を聞く機会はなかったという。

「そのあと、佐左衛門さまの計略がどのように進展していったのかは、まったくわかりません」

佐左衛門の計画に三番番頭が加わっているのを知った先代が、

「すべてを話してくれたら、おまえは二番番頭にして、ずっと四国屋にいてもらうから、話してくれ」

と説得し、佐左衛門の計略なるものを聞きだしたらしい。

佐左衛門が殺されたのはそのせいだ、という噂が、奉公人のあいだで密かに広まったという。

なかには、

「佐左衛門さまを殺したのは旦那さまかもしれない」

といいだす者もいて、その奉公人は夜逃げした。

「先代は怖いお方でしたから」

十茂八がぼそりといった。

佐左衛門が殺されたあと三番番頭は四国屋から追放され、首を縊《くび》って死んだが、それも、先代がだれかに命じてやらせたのではないか、という噂もあったという。

「佐左衛門さまの計略に加わっている得意先もあったかのようにうかがっておりますが、佐左衛門さまが亡くなったあと、先代がどのように折りあいをつけられたのか、それはわかりません」

いまとなっては、佐左衛門の計略なるものを知っている者はいない。いたとしても、その計略の内容は末代まで封印されるはずだ。

六年まえに佐左衛門が殺されたのが宗壽の差し金だったとしたら、此度《こたび》の宗壽殺しも佐左衛門殺しの一件と関わりがあるのではないか、と百合郎は考えていた。

「最後に尋ねるが、おめえが殺したんじゃねえのだな」

十茂八は戸惑ったような顔をして百合郎をみた。

「これから細かなところまで探索をする。そのなかで、おめえが下手人にちげえねえなどという手証が出てきたら、二重手間だからここではっきり聞いておく。おめえは殺してねえのだな」

「はい、わたしはご隠居さまを殺してはおりません」

「昨夜、主人の林之助がお店にいたかどうかわかるか」

「いえ、わたしは通いでございますから、店を閉めてからの、旦那さまご夫婦のことはわかりません」

「林之助は、夜中に抜けだして義父を殺すような奴か。林之助が殺《や》ったと思うか」

「まさか、旦那さまはすこぶる頭のきれるお方ですが、やや弱気なところがありまして、人殺しなどできますまい。ご隠居さまからいろいろいわれて辛《つら》かったのなら、逃げだすほうをお選びになりましょう」

「うむ……」

百合郎は十茂八のいっていることに嘘はない、とみた。

「ここを片づけてもよろしゅうございますか」

「そのまえに、さっきの話だ。宗壽を怨んでいそうな者の名を教えてくれ。そいつが書き取る」

「遅かったな。いまようすをみにいこうとしていたところだ」

百合郎が居間にいくと、簞笥の抽斗を立てて座っていた由良が、立ちあがりながらいった。

隠居所のなかはものが散乱したままだったが、中間たちの姿はなかった。大方は調べ終わったので、由良が帰したようだ。

作造が箪笥を背に、退屈そうに突っ立っていた。

「片づけてもいいかと、番頭が聞いておりますが」

由良はあたりに目をやり、

「かまわねえだろう」

といった。

しばらくして十茂八と江依太が居間に戻ってきた。


それを待っていたかのように、百合郎と由良は隠居所の外に出た。

隠居所は竹垣にぐるっと栫《かこ》まれていて、大きな門柱に厚板の扉がついている。

庭のはずれの竹林が邪魔して、外から隠居所はみえない。宗壽が夜中に殺されたとしたら、それをみた者はいないだろう、と思われた。

江依太と作造もついてきたが、作造は不愉快そうな顔をして江依太を睨んでいる。江依太は相手にしていなかった。

作造がなぜ江依太を目の仇《かたき》にするのか、百合郎は知らない。

「宗壽を殺した奴の手掛かりらしいのが聞けたか」

由良が聞いた。

六年まえの話を由良に話すつもりはなかった。変わったようだとはいえ、まだどこか信頼できないのだ。

「宗壽はかなり激しく、厳しい性格だったようでして、怨んでいる者は多いのではないか……と。怨んでいそうな者の名を十茂八から聞きだし、江依太が書き取りましたので……」

「これを」

江依太が書きつけを由良にわたした。書きつけは四、五枚あった。

「宗壽を怨んでいそうな連中の名と、その者の住まいやお店の場所です。あの番頭さんにわかっているだけですから、隠居してからのつきあい次第では、ほかにもいるかもしれません」

由良は書きつけを受け取りながら、

「雁木も必要じゃねえのか」

といった。

「それぞれ二枚作りましたから」

佐左衛門に関わる人物の名は省くようにいいつけてあった。

「ふーん」

と由良はいい、作造のほうをみた。作造は渋い顔をした。

「林之助はなにかいっていましたか」

林之助の姿はなかった。聞くべきことは聞いたと思って帰したのだろう。葬儀の支度もある。

「殺されたのなら、真っ先に疑われるのはわたしでしょう、とひらき直ったようにいいやがった」

「それはまたどういうわけで」

「商いのことで、なにやかやと口出しをしてきて、五月蠅《うるさ》かったようだな。養子にしてまで当主に据えたはずなのに、なにひとつ思いどおりにはやらせてもらえず、嫌気が差していたそうだ」

「林之助がやったと思いますか。話していてどうでしたか」

十茂八は、林之助にはやれない、と話してくれたが、同心としての由良が受けた印象を聞きたかった。

「やや冷たそうな印象を受けたが、殺しとなるとどうだろうか。かっとしやすい性質《たち》なら、やるかもしれねえな」

「そうですか」

林之助とは一度話しておかなければならない、と百合郎は考えた。ひとが殺せる人物かどうか、おのれの目と耳でたしかめておきたかったのである。

「先ほどお末がなにかいいかけたので、それがなんだったのか、聞いてきますが、由良さまもごいっしょされますか」

「いや、おめえが聞いてきてくれれば充分だ。じゃあ、先に戻ってる」

いって由良は作造を引き連れ、立ち去った。

作造が振り返り、江依太を睨んだ。

「作造とのあいだになにかあったのか」

「おのれが醜男《ぶおとこ》だから、妬《ねた》んでるんじゃねえですかね」

いって、江依太が屈託《くったく》なく笑った。


「ところで、どう思う」

お末の長屋に向かって歩きながら、百合郎がいった。

「なにがですか」

「宗壽が息子の佐左衛門を殺したかもしれねえって話だ。殺ったと思うか」

「殺ったでしょうね」

「番頭さんの話を聞いていて、手をくだしたのは宗壽本人だと確信しました。ですが……」

「本人か」

「荒らされた部屋のことだろう。おれもそこが引っかかる」

百合郎は六年まえ、実際に荒らされた部屋をみているが、宗壽のやりかたとはなにかがちがう、と宗壽の人柄を番頭から聞いたいま、その感をますます深めていた。

「部屋を引っ搔き廻して押しこみ盗人にみせかけるのは、いかにも姑息《こそく》で、宗壽の遣《や》り口ではないように思えます」

「宗壽ならどうする」

「家に火をつけ、すべてを灰にする。まあ、近所に家がなかったら、そうしたでしょうねえ」

「宗壽に頼まれて、後始末をした奴がいる、ということか」

百合郎の考えていることがわかった江依太が、顔をあげていった。

「始末屋……ですか」

「関わりがないとはいえねえだろう」

　江依太がうなずいた。

「では宗壽殺しにも始末屋が関わっているとお考えですか」

「そこまではわからねえ。だが、佐左衛門の殺された現場と、宗壽が殺された現場があまりにも似ているのだ。佐左衛門の殺しに始末屋が絡《から》んでいるのなら、宗壽殺しにも、始末屋が絡んでいてもおかしくはねえ」

「ですが……」

「なんだ」

「佐左衛門殺しの陰に始末屋がいるとして、宗壽は、どうやって始末屋をみつけたのでしょうか」

「さあなあ。宗壽も始末屋の一味だったとすれば、納得がいくのだがな」

「始末屋だった宗壽が息子を殺して始末したのか、それとも、そこから始末屋がはじまったのか」

　江依太が真顔でいった。

　百合郎はなにもいわなかったが、心底感心していた。

第六章　馬《うま》　面《づら》

一

「ここのようですね」

江依太がみあげた長屋の木戸門には『吉兵衛店《きちべえだな》』と書かれた板が張りつけてあり、その下に、住人の名が書かれた木札がぶらさがっている。だが風雨に曝《さら》された木札のほとんどの名は読めなくなっていた。

住人の入れ替わりはないのだろう。

木戸の柱には、味噌、醤油、酒など、日用品を扱う店の看板が貼りつけてある。

林之助と十茂八が飛びこんできたとき、お末はなにかいいかけていたが、その話はあとで聞くから、といい、長屋に帰ってもらっていたのだ。

お末は、帰るとき、

「住まいは福寿院《ふくじゅいん》裏の吉兵衛店です」

と教えてくれた。

百合郎と江依太が木戸門をくぐると、長屋のまえに立っていたお末が、頭をさげた。町方役人がくるのを待っていたようだ。

お末の住まいは割り長屋で、ひと坪半ほどの土間に六畳間だった。自前の畳が敷いてある。旦那《だんな》がどのような仕事をしているのかは聞いていないが、稼ぎがいいのか、もしかすると宗壽が気前よく賄《まかな》い賃を払っていたのかもしれない。

部屋で遊んでいた四、五歳の女の子と、二歳くらいの男の子が、土間に入ってきた江依太にじっと目を注いでいる。

江依太が笑いかけると、姉らしい娘が慌ててうつむいた。

竈《かまど》には鉄瓶《てつびん》がかかっていて、お末が白湯《さゆ》をだしてくれた。

「四国屋の主人と番頭がくるまえに、なにかいいかけたようだったが、なにを話そうとしたんだね」

あがり框《かまち》に腰をおろした百合郎が、白湯をひと口すすってから尋《たず》ねた。

江依太は手にした湯呑みで手を温めながら、土間の隅に立っている。

「こんなことをいって……いいものかどうかわかりませんが、ちょっと気になったことがあったものですから」

「なんでもいってくれ。おめえの話が、宗壽殺しの下手人《げしゅにん》をあげることにつながるかもしれねえ」

「はい、旦那さまは、茶器の目利きなどもなさっておいでだったのですが、あるとき茶碗の目利きをなさいましたようで……」

『なんだと』

大声が聞こえたのでお末が覗《のぞ》いてみると、その茶碗を持ちこんだ人物のまえで、

『これは一両の値打ちもない品でございますよ』

と、宗壽が断定したのだという。

「そのとき相手の方が烈火《れっか》のごとくお怒りになりまして……」

茶碗の持ち主は、

『これは二百両で手に入れた名器だ、それが一両の値打ちもないとは、あんたの目がおかしい』

といって宗壽に詰め寄ったらしいのだが、宗壽は、

『価値のないものに折り紙をつければ、わたしの信用が落ちます』

と、平然といってのけたのだという。

「なんと、そのお方は、庭の沓脱《くつぬ》ぎに茶碗を叩きつけられたのでございます」

客はわなわなと震えながら宗壽を睨《にら》みつけていたが、宗壽はじっと座ったまま微動だにしなかったらしい。

「その客の名はわかるかね」

百合郎が尋ねた。

「はい、藍玉問屋《あいだまどんや》の阿波屋利兵衛《あわやりへえ》さまとおっしゃいます」

「ほかに宗壽を怨んでそうな者はいなかっただろうか」

「わたしが出向くのは朝の一刻（約二時間）か、一刻半と、夕方の半刻ほどですから、そのあいだにお客さまがおみえになることは、滅多にありませんでした。おみえになったとしても、話し声は聞こえません。阿波屋さんとのことは、大声が聞こえましたので、なにごとかと思って覗いたまでのことでございまして、ほかには、そのようなことは一度も……」

「客の姿をみかけたことは」

百合郎がいった。

「ああ、それでしたら……」

その日の夕方は、なにがあったのか、近所の寺の林に十羽近い鴉《からす》がやってきて五月蝿《うるさ》く啼《な》き騒いでいたらしい。

「なにごとかと思って庭に出てお寺の方をみていますと……」

障子があいて宗壽が顔を覗かせ、なにごとだ、と聞いたのだという。

振り向いて、さあ、と答えたらしいが、

「そのとき座敷にお客さまがおいでで、ちらっとお顔をみました」

と思いだすようにいった。

「顔を憶えてるか」

「背が高そうで……こういっちゃ失礼ですが、馬面の、坊主頭のお方でした。三十の半ばにみえましたが、どこかぼーっとした、頼りなさそうなおひとでした」

「僧侶《そうりよ》とか医者じゃねえのだな」

「いえ、着流しのようでしたから」

「その男をみたのはいつごろの話だ」

「去年の丁度いまごろです」

「その客は鴉をみあげていた、それともみてなかった」

江依太が尋ねた。

お末は首をひねってやや考えていたが、

「鴉の啼き声を気にしているようすは、ありませんでした。腕組みして、横を向いておられましたので」

といった。

「名はわからねえだろうな」

「はい……ちらっとおみかけしただけですから。わたしが知っているのは、そのおふた方だけです」

「もうひとつ聞きたいのだけど、宗壽さんの隠居所の柱に『八幡《はちまん》さま』の厄除《やくよ》けのお札が貼ってあったんだけど、あれはお末さんがいただいてきたものかね」

江依太が聞いた。

「わたしもお札には気づいていましたが、いつの間にか貼ってあって……わたしではありません」

「そうか、いろいろ手間を取らせてすまなかったな。なにか、思いだしたら知らせてくれ。おれは南の雁木百合郎というのだが、鬼瓦でとおっている。こいつは生き人形だ」

と百合郎がいうと、いま気づいた、というような顔で、お末が百合郎と江依太の顔を見較べていた。が、やがてはっと、不躾《ぶしつけ》だったと悟ったようで、

「はい……」

といって顔を赤くした。

「先ほどの問いはなんだ」

表通りに出た百合郎が尋ねた。

「隠居所の主人と同席していて、主人が外の鴉の啼き声を気にした。もしも、主人に気を使う人物なら、啼き声のほうをみますよね。あとで、なんでしょうね、などと話をなめらかに進めるために」

「気を使わない馬面ならどうだというのだ」

「用があってきたのではなく、主人に呼ばれたから仕方なくやってきた。しかも、そのことがあまり気に入っていない」

「だから」

「宗壽を怨んでいるかもしれない」

「かもしれない馬面……なあ」

百合郎がめずらしく溜息をついた。

藍玉問屋の阿波屋利兵衛方は、本船町《ほんふねちょう》にあった。

奉行所への帰りに寄って話を聞くと、利兵衛は、

「寄り合いの流れで、昨夜は吉原に泊まりましたが……」

といった。

だれかに頼んでやらせればべつだが、利兵衛は宗壽殺しの下手人ではない、と百合郎は確信した。

宗壽が殺されたことを聞いたときの驚きようは芝居ではなく、ほんものだった。


筆頭同心の川添孫左衛門のところに報告にいくと、

「由良昌之助から聞いたが、宗壽が殺されたそうだな」

と、百合郎の顔をみるなりいった。

「宗壽とは知りあいですか」

「いや、そうではないが、噂《うわさ》は耳にしておった。茶器の目利きとしても名がとおっていたようだが、わしが知っているのは、鰹節問屋組合の支配としての四国屋三五兵衛だった」

といって川添は言葉をきり、

「裏では色々とやっておったという噂があってな、探りを入れたこともあったが、縛《しょ》っ引《ぴ》けるようなことはなにも出てこんでな、悔《くや》しい思いをしたものだった」

とつづけた。

「色々とは……」

「賄賂《わいろ》、脅し、人殺し……そのようなことが耳に入っておったのだが、どれも手証はつかめずじまいだった」

「その色々のなかに『始末屋』という話はありませんでしたか」

「始末屋……」

と川添はいい、怪訝《けげん》な顔をした。

「なんだそれは」

「噂が耳に入っただけですので、よくわかりませんが、少々気になったものですから」

『始末屋』の話は、実態がつかめるまで黙っていようと百合郎は考えていた。だが、三五兵衛が四国屋の主人のとき色々やっていた、と聞いては、黙っていられなかった。

「うむ……」

といって川添はしばらく考え、

「始末屋の話を聞くのは初めてだ」

といい、

「宗壽殺しの件を担当してくれ。町廻りは、臨時廻りのだれかに頼んでおく」

と、百合郎に命じた。

「由良さまはどうなされたのですか」

宗壽殺しには由良も関わっているので、当然、由良と共に担当することになるだろう、と百合郎は覚悟していたのだ。

「由良は、いま抱えている事件があって、そちらに専念したいとかいうておった」

由良昌之助が抱えているのは、長屋住まいの浪人が腹を十三箇所も刺され、殺された事件だ。

いつもの由良なら、怨まれた浪人が仲間に刺し殺されたのだから放っておけばいい、などといって取りあわなかったはずだが、

「此度《こたび》の一件は、なにか裏があるように思う」

といい、走り廻っている。

「おまえに任せれば安心だ、ともいうておったぞ」

「由良さまがですか。それは真実《まこと》でございますか。おれをのせるために、川添さまが創《つく》られたのでは……」

まちがっても由良の口から発せられるような言葉ではない。

「なぜわしがそのような捏《でっ》ちあげをしなくてはならぬ。なにがあったのかはわからぬが、由良はひとが変わったようだな」

「はあ……」

百合郎は、どこかで由良が本性を現すのではないか、という不安を抱いていた。

二

『馬骨』は、小あがりと、近ごろ増えてきた飯台に腰掛けのついた居酒屋だった。
十四、五人の客が腰掛けに尻をのせ、押しあい圧《へ》しあいしながら酒を呑んでいる。
客はすべて汗臭そうな男どもで、坊主頭に鉢巻きをして裾《すそ》をからげ、料理を運んでいる呑馬は、楽しそうだった。

その年増《としま》がいるところだけが明るい、という印象の女の奉公人が、客と客の隙間を縫うようにして動いている。

隅にいた男が、太った猫になにかを食わせていた。

この猫が、呑馬のいっていた『消炭《けしずみ》』だろう。

吉治郎が縄暖簾《なわのれん》をわけると、気づいた呑馬が軽くうなずき、

「いま、満員なんですよ。小半刻ばかり、そのあたりで待っててておくんなさい」

と大声でいった。だが、吉治郎に目を向ける客は一人もいなかった。

鎌倉河岸の西詰めにしばらく佇《たたず》んでいると、馬骨の裏口から呑馬が姿を現した。

吉治郎の傍《かたわ》らまでくると、あたりに目を配った。その目つきが、吉治郎がみても尋常《じんじよう》ではなかった。

やはり、盗人《ぬすつと》なのだろうか。

あたりに人影はなかった。

「早かったな。流行《はや》ってない店がこの先にある。そこで話を聞こうか」

呑馬が吉治郎を連れていったのは、きょう届けられたような赤提灯《あかちようちん》に『篝《かがり》』と書かれた店で、鮮やかな藍色《あいいろ》の暖簾がさがっていた。

店内は十人も入れば満杯というような小さな作りだが小綺麗で、入っていった

吉治郎を初老の婆さんがぎろりと睨んだ。

大店《おおだな》の番頭ふうと、懐《ふところ》に九寸五分《あいくち》でものんでいそうな中年と、相撲取《すもうと》りのようながたいのいいのがいたが、それぞれはなれた席につき、黙って呑んでいる。

小あがりにあがった呑馬に婆さんは目を向けたが、なにもいわずに奥の暖簾を割り、厨《くりや》へ消えた。

「気にしねえでくれ。夫婦そろって無口なのだ」

料理の受け持ちは亭主なのだろう。

「まだ一人だけですがね、寒河江《さがえ》の藤十郎《とうじゅうろう》という……」

呑馬の向かいに座った吉治郎が、小声で話しはじめた。

「何者だね」

「侠客《きょうかく》ですが、探りを入れたところ、重い病に罹《かか》っているらしく、跡目相続のことで揉《も》めていやして、安食の親分の命をどうのというような状況ではねえようで」

「親分が危惧《きぐ》していなすったことはあたりだろうな。博徒《ばくと》や侠客なら、わざわざ脅迫状を書いておれを動かさずとも……」

料理が運ばれてきた。

朱塗りの盆には料理がふた皿載っていて二合徳利が二本ついていた。それが吉治郎と呑馬のまえの食台におかれた。お待ちどおのひとこともなかった。

「まあ、やりながら話そうぜ」

大鉢に盛りつけられていたのは野菜と「ももんじい」（猪《いのしし》や鹿《しか》の肉）の煮物だった。それぞれの野菜が色を失っておらず、別々に煮たものだと素人《しろうと》でもわかる。

人参《にんじん》をつまんで口に入れた。

べらぼうに旨《うま》かった。

「乗りかかった船ですから、あとの二人もあたってみます。身内を使えない事情が隠れているのかもわかりませんから」

「そうだな、博徒や侠客がおれを使うとなると、なんらかの裏があることはたしかだろうな」

「なにかわかりましたら、知らせます」

しばらく世間話をしながら呑み食いをした。

注文したわけではないが、ころあいを見計らって料理が運ばれてくる。煮魚も、うな茶漬けも格別の味だった。酒もいい。

店を出るとき、呑馬は婆さんに二分《ぶ》を払っていた。二分は一両の半分で、銭に換算するとおおよそ二千文だ。二八蕎麦《そば》なら百二十杯は食える。

流行っていないわけではなく、店が客を選ぶようだ。


「そいつはまことか」

呑馬が、かなり驚いたような顔をして聞いた。

鎌倉河岸近くにある出世不動には境内《けいだい》に小さな茶店があり、縁台には擦《す》りきれた緋毛氈《ひもうせん》がかけてあった。

呑馬と吉辰はその縁台に背中あわせに腰をおろしていた。陽除《ひよ》けの葭簀《よしず》が二人の姿を隠している。

「わたしの耳に入ったのは朝でしたが、話を聞いた中間《ちゅうげん》によりますと、昨日の夜中に何者かによって刺し殺されたとか」

吉辰が月々の小遣《こづか》いを与え、情報を聞きだしている中間が南北両奉行所にいる。

「下手人はわかってるのか」

「下手人に辿《たど》りつけそうなものがすべて奪い去られていたとかで、町方はなにもつかめていないようです。ただ……」

「ただ……」

呑馬が怪訝な顔をした。

「探索の担当が鬼瓦だとか……」

「あいつか……厄介《やっかい》なことになるかもしれねえなあ……」

といい、甘酒を口に運んだ。

「まあ、下手人がだれだろうと、おれたちには少々まずいことになった、ということだな。宗壽の睨みが取れたとなると、暴走する輩《やから》が出てくるかもしれねえ」

これまでは宗壽の睨みで、『始末屋』を知っている、あるいは利用した豪商たちとのあいだの均衡《きんこう》が取れていた。だが宗壽が殺されたいま、それが崩れた。

呑馬は竹の筒に注がれていた甘酒を呑みほした。

「ところで、あの脅迫状を送りつけてきた者はわかったのか。おれたちが始末した屍体を作りだした者たちにあたってみたのだろう」

「薬種問屋《やくしゅどんや》の白子屋が辰五郎の賭場で遊んでいる話は耳に入りましたが、二人のあいだで悶着《もんちゃく》が起こっているような話は、聞こえてきませんでした。もう少し調べてみますが」

「白子屋か……」

白子屋なら呑馬も顔を知っていた。

「なにかつかめたら、知らせてくれ」

立った呑馬が甘酒を呑みほし、縁台に器をおいた。

吉治郎がいった、脅迫文にはつづきか、まえがあったのではないか、という話は、呑馬は歯牙《しが》にもかけていなかった。

吉辰がそのようなことをする人物ではないことは、呑馬がいちばんよく知っている。

吉辰が軽く頭をさげた。

第七章　下手人《げしゆにん》鬼瓦

一

百合郎が出仕すると、奉行所に不穏な空気が漂っていた。

だれも百合郎をまともにみようとしないのだ。

「どうしたのだ」

いつもは気軽に声をかけてくる同輩を呼びとめても、そそくさととおりすぎる。

「なにか気に障《さわ》ることでもやったか……」

百合郎にそのような覚えはなかった。

昨日退所するまでは、そのようなよそよそしさはなかった。あったとしたら気づいていたはずだ。

「雁木……」

廊下に立ち、百合郎の出仕を待っていたらしい筆頭同心の川添孫左衛門が、声をかけてきた。

「実は……な……」

筆頭同心の用部屋に百合郎を招き入れると、川添が話しはじめた。歯切れが悪かった。

「この厭《いや》な雰囲気と関わりがある話でございますか」

「うむ……まあ……」

川添はひとつ溜息をついた。

「わしは噂《うわさ》のようなことがあったとは考えておらんのだがな」

「噂……って、なんでございますか」

「うむ……」

百合郎は待った。焦《じ》れったかったが、百合郎にできるのは待つことだけだった。

「噂だけだから……いや、噂だからというべきか……」

「どのような噂が川添さまの耳に入ったのでございますか」

川添はしばらく考えていたが、話してしまおう、と心を決めたようで、

「おぬしが宗壽《そうじゅ》を殺したのではないか、という噂が広まっておる」

百合郎は、川添がなにをいったのか、しばらく理解できなかった。

宗壽を殺しておいて、おれは憶えておらぬ、とでもいうのか。

「なんのためにおれが……いえ、わたしが宗壽を殺さねばならぬのですか。そんな噂を流したのはだれですか」

と口にだして、はっと気づいた。

「だれが流したかはわからぬ。だが、六年まえ、宗壽の息子の佐左衛門を殺したのが宗壽で、おぬしはそのことをつかんでいた。しかし捕縛までには至らなかったので、ずっと宗壽を追いつづけてきたが手証もつかめず、ついに、思いあまって殺してしまった、というのが噂のすべてだ」

「なんという……」

「噂の内容に心あたりがあるか」

「たしかに、佐左衛門を殺したのは宗壽かもしれない、と考えたことはありましたが、それを確信していたわけではありません。そのことで、宗壽を追いつづけていたわけでもありませんし、つい思いあまって殺すなど、誹謗中傷《ひぼうちゅうしょう》にも程があります」

「そう大声をだすな。わかっておる。わかっておるが、噂には説得力がある。だから、定町廻りのみなも、単なる噂なのはわかっているのに、どこかで、もしかすると、と思っているようなのだ」

「川添さま」

「うむ、わかっておる。しかしな、このまま放っておくわけにもまいらぬ。噂が静まるまで、しばらく自宅謹慎……いや謹慎ではなく、自宅でじっとしていてくれぬか。幸いなことに明日から月が替わり、南町奉行所は非番になる」

「お奉行にまではなんと仰《おお》せなのでございますか」

「お奉行にまではあげておらぬ。わしの独断だ」

百合郎は臓腑《はらわた》が煮えくり返る思いで立ちあがった。

刀を手に足袋跣《たびはだし》で庭に飛びだし、奉行所の裏口から廊下に駆けあがって臨時廻り同心詰所に、

「鈴木頼母はいるか」

大声で叫びながら、駆けこんだ。

鈴木はのんびり茶をすすっていたが、血相を変えて飛びこんできた百合郎をみて尻を浮かし、茶碗を放りだして後退《あとずさ》った。

「な、な、なんだ……」

百合郎に斬《き》られるとでも思ったようで、鈴木の顔からは血の気が引いていた。

ほかにも臨時廻り同心が二人いたが、立ち竦《すく》んでいてなにもできなかった。

「てめえ、あることとねえこといい触らしやがって、その首、叩き落としてやる」

百合郎が刀の柄《つか》に手をかけた。

「ま、待て……なんの話だ……待ってくれ」

鈴木は右掌《てのひら》を百合郎に向け、尻で壁まで退《しさ》った。

「宗壽を殺したのは雁木百合郎だという噂を流しただろう。六年まえの佐左衛門のことは、てめえしか知らねえはずだ」

「ちがう、知らない。おぬしの噂など流していない……誓う、わしではない」

鈴木頼母なら嘲笑《あざわら》い、あとはひらき直るだろう、と思っていた。だがすっかり弱腰になった鈴木をみて、百合郎の怒りが急速に萎《しぼ》んでいった。

このところ、まともに顔をあわせたことはなかったが、六年のあいだに鈴木頼母はすっかり老人になっていた。

「じゃあ、噂を流したのはだれだ」

「ほ、ほんとうに知らぬのだ。信じてくれ」

立ってみていた二人の臨時廻り同心に百合郎が目を向けた。

「おれも知らぬ」

首をぶるぶると、何度も振った。

「それがしも」

「雁木」

怒鳴る声が聞こえた。

入口に川添孫左衛門が立っていた。

「先輩に向かってなんたる態度だ。謹慎ではすまぬぞ」

「いいんだ、川添。雁木はなにか勘違いしただけだ。おれはなんとも思っていない。不問にふしてくれ。若い者の将来を潰《つぶ》すようなことはしたくない。おれは六年まえにそれをやってしまったかもしれぬ……」

鈴木が座り直し、川添に向かって頭をさげた。

川添が百合郎の顔をみた。

百合郎は信じられない思いで鈴木をみていた。

「鈴木さまがそれほどまでにおっしゃるのでしたら……」

百合郎を廊下に引っ張りだした川添が、

「一直線莫迦《ばか》もほどほどにしないと、職を失うことになりかねぬぞ」

と諭《さと》した。

「しかし……」

「わかっておる。四、五日の辛抱だ。噂の出所《でどころ》は必ず突きとめてやる」

川添は廊下を歩きはじめた。

百合郎はついていった。

「おぬしが下手人をあげたとしてだ、それはおのれの罪を隠すためのでっちあげではないか、といいだす輩《やから》がいないとはかぎらぬ。その口封じもしておかなければならぬ。妙な噂が立つと、次期のお抱えはなくなるかもしれぬ。それは防ぎたい。彦兵衛《ひこべえ》どののためにもな」

彦兵衛は百合郎の父で、百合郎がお抱え御免にでもなれば、両親と百合郎は路頭に迷う。

同心詰所に戻ると、憮然《ぶぜん》とした顔で座っていた由良昌之助が、

「本気でございますか」

と川添に詰め寄った。

「なんの話だ」

「雁木の声は大きいですからな、川添さまとの話が聞こえてしまいました」

筆頭同心の用部屋は定町廻り同心詰所のとなりで、襖《ふすま》一枚で隔てられている。ひそひそ話でもしない限り、声は筒抜けだ。

「宗壽殺しの件から、雁木をはずし、謹慎させるというのは本心ですか」

「まあな」

「そんなことをしたら、宗壽殺しは解決しませんぞ。雁木の後釜《あとがま》にだれを据えるおつもりなのかは知りませんが、雁木ほどの働きができる者はほかにはおりません。それがわからないほど、惚《ぼ》けられましたか」

「おい、おい」

百合郎は、由良は本気なのだろうか、と訝《いぶか》った。あの噂を流したのが鈴木頼母ではないのなら、由良昌之助かもしれない、と思いはじめていたのだ。

「言葉は取り消しません」

由良のどす黒い顔が赤黒くなっている。

「わしも辛《つら》いところなのだ、わかってくれ」

「由良さま、ありがとうございます。しかし、もう踏んぎりがつきました。川添さまのおっしゃることとも、少しは……ほんの少しですが、わかるようなところもあります。では、失礼します」

と百合郎はいい、懐《ふところ》に忍ばせていた十手《じって》を川添のまえにおいて立ちあがった。

「雁木……」

由良が呼びとめようとしたが、百合郎は背中をみせたまま軽く頭をさげ、同心詰所を出ていった。


話を聞くと江依太は憤慨《ふんがい》し、いまにも奉行所に飛びこんでいきそうになった。

「ざけんじゃねえぞ」

奉行所の門に向かって大声で叫んでいる。

門番は、江依太がなにに対して怒っているのかわからないため、迷惑そうな顔をしていた。が、一応顔見知りだということもあり、咎《とが》めだてなどしなかった。

「まあいい。おめえには頼みたいことがある」

「なんでもやりますよ、いいつけてください」

「宗壽の隠居所をしばらく見張っていてくれ。朝出掛けて夜帰ってくるなり、どこかに部屋を借りて、ずっと見張っているなり、好きにしてかまわぬ」

「隠居所のようすを下手人がみにくる、と考えておいでなのですか」

「わからねえ。だけどな、おめえが探索できるのは、隠居所しかねえのだ」

同心が謹慎なら、ついている岡っ引きにもその類が及ぶと考えておかなければならない。そうでなければ、同心を謹慎にする意味がない。

十茂八が教えてくれた、宗壽とつきあいがあった人物を調べ廻るように江依太に命じたとして、作造もおなじようなことを勝手にやっていれば、出会う可能性は高い。そんなことにでもなったら、川添にどんな報告があがるかわからない。

かといって、おまえは屋敷でおとなしくしていろ、と命じても、承知するような江依太ではない。

「おいらが勝手に動き廻ったら、百合郎さまの迷惑になる、ということですね」

「まあそういうことだ。屋敷に閉じ籠もっていたかったら、それでもかまわねえ」

二人は数寄屋橋《すきやばし》をわたりきろうとしていた。

「百合郎さまは」

「おれは両国《りょうごく》で芝居見物でもしてるよ。幸い、明日から月が替わり、南は非番になる」

江依太が寂しそうな顔をした。

「おめえを引き連れていたら、すぐおれだとばれちまう」

「承知してます」

「芝居見物をしたあとは……」

「いまのところ、なにもない」

と百合郎はいい、

「無茶なことはやるな。いいな、見張っているだけだ。おめえに怪我でもされたら、三左衛門さまにあわせる顔がねえ」

と念を押し、江依太に二両（おおよそ十五万円）を握らせた。

三左衛門は江依太の父で、春の嵐の夜に、顔を隠した賊に襲われて行方がわからなくなったが、いまだに足取りがつかめていない。

二

江依太は、改めて宗壽の隠居所のまわりを歩き、見張れる場所はないか、と探した。まわりは竹垣と竹林に栫《かこ》まれていて、張りつけるような場所はなかった。

物乞《ものご》いや棒手振《ぼてふ》りに化けたとしても、ひねもすその場所に留まっているわけにはいかない。

門扉のまえから通りを挟んだ向こうをみると、二町歩（約二百二十メートル）ほど向こうの田圃《たんぼ》のなかに、百姓が農具を入れておく小屋があった。そのそばの畑で、大根を抜いている百姓の姿が小さくみえていた。

江依太はそこへいき、

「この小屋を十日ほど貸してくれないか」

と、交渉し、二分（一両の半分）で借り受けた。二分のなかには、一日一本の大根を抜いてもいい、ということも含まれていた。

壁に小さな穴をあけることも承諾させた。

江依太は浅草に引き返し、古道具屋で遠眼鏡《とおめがね》を一両で買い、残りの金で食料を仕入れた。季節がら、湯で汗を流さなくとも三日はもつだろうと勘定した。

四日目に一度屋敷に戻って湯を浴び、百合郎がいれば話しあってくるつもりだった。そのあと、また見張りをつづける。

筵掛《むしろが》けの芝居小屋、「鈴成座《すずなりざ》」に百合郎がきたのは三か月ぶりのことであった。

鈴置雪乃丞《すずおきゆきのじよう》という役者の七変化が喝采《かっさい》を浴び、長いこと両国で芝居を打っている。その七変化の顔を作りだしているのが直次郎《なおじろう》という化粧師《けわいし》であった。

「直次郎に会いてえのだ」

百合郎がいうと、顔見知りの座員がうなずき、裏口の筵をあけて入れてくれた。

大道具や小道具が所狭しと押しこんである通路を抜け、百着もあろうかという、芝居用の着替えがぶらさがっている脇をいくと、戸はなく、青地に白い波が描かれた長暖簾《ながのれん》のさがっただけの部屋があった。

それを割ってなかに入ると、

「久しいな」

弁当を食っていた直次郎が首をかたむけ、百合郎の背後に目をやった。

「きょうは、あの生き人形はいっしょじゃねえのか」

不満そうな顔をした。江依太が気に入っているのだ。

江依太が女だということを直次郎は見抜いている、と百合郎は薄々感じているが、それを直次郎にたしかめたことはない。

江依太も、直次郎さんは鋭い、と洩らしたことがあったので、見抜かれているとわかっているはずだ。だがそれは百合郎が感じ取っただけで、江依太に打ちあけられたことはない。

直次郎は、髪を肩のあたりまで伸ばし、後頭部でひとまとめにして結んでいる。彫りの深い顔立ちだが、陽にあたることがないためか色は蒼白《あおじろ》い。大きな目は澄んでいて、子どものような輝きを放っていた。

歳を尋《たず》ねたことはないが、四十五、六だろうか。

「ちょっとまずい立場に追いやられちまってな」

いいながら百合郎は、手にしていた角樽《つのだる》を壁際の台のうえにおいた。

百合郎は、宗壽が殺されてからのことを話した。直次郎にならなにを話しても外に洩れる恐れはない。

「屋敷にじっとしていられるような旦那《だんな》じゃねえしな」

直次郎が皮肉に笑った。

「浪人に変装させればいいのか」

「頼む」

「名は」

直次郎がこれから作りあげる浪人の名を尋ねるのはいつものことで、名や生い立ちを知らないと、その顔を創《つく》れないのだという。

「生方市十郎《うぶかたいちじゅうろう》」

むかし、娼家《しょうか》で暴れ、江戸追放になった浪人の名と生い立ちを借りることにした。

「母は呑んだくれで、浪人だった父が用心棒などをして稼いできた金のほとんどを母が呑んだ。父は気の弱い男で、母を追いだすことはできなかった。市十郎は物心のついたころから母が怖く、十二、三になると、ほとんど長屋に寄りつかなくなっていた……」

「どっちの血を受け継いだのだ、市十郎は」

「母親」

百合郎が話しているあいだも、直次郎は黙々と手を動かしていた。

鏡がないので、百合郎には面相筆《めんそうふで》の柄《え》の先が動くのしかみえなかったが、どうやら下地を塗っているようだ。

「それからどうしたのだ」

「浪人の子として刀は手挟《たばさ》んでいたが、剣術は習ったことがなかった。しかし、母親譲りで気は強く、喧嘩《けんか》で負けたことはなかった。喧嘩馴《な》れするにしたがって、喧嘩剣法が身についたのだ」

「ひとを斬ったことはあるのか」

「怪我を負わせただけで、殺してはいない。母親とおなじで、浴びるように酒を呑み、酔っ払っての諍《いさか》いが絶えなかった。あるとき、女郎屋へ揚がったのだが、待たされたことで腹を立て、ひと悶着《もんちゃく》起こした。役人を呼ばれてお縄になった」

「抵抗はしなかったのか」

「した。だが喧嘩剣法など、道場剣法に比べたら赤子も同然だ。どこか体の具合でも悪かったのか、酒焼けしたのか、月代《さかやき》は赤茶けていて、酷《ひど》く窶《やつ》れた顔をしていた」

「なんだかみてきたようないいかただな」

「おれが捕まえた」

「なるほど、そういうことか。で、どうなった」

「江戸十里四方処払《ところばら》いだった。たぶん、もう死んでいると思う」

「うむ……」

直次郎はそれっきり黙りこみ、筆を細かく動かしたり、月代を張りつけたりしていたが、半刻（約一時間）ほどたったころ、鏡を差しだした。

生方市十郎に似てはいなかったが、酒で身を持ち崩してうらぶれ、おのれを嘲笑っているような皮肉な笑顔を浮かべた浪人が、鏡のなかにいた。

いつものことだが、直次郎に顔を作ってもらうと、定町廻りのおのれが夢で、鏡に映っているのが現《うつつ》と思える。そうすると、捉えようのない不安が心の奥底にまで染み入り、変装を洗い流したくなる。だが百合郎は、それをぐっと我慢した。

直次郎は百合郎の顔をみて、満足そうにうなずいた。変装の報酬を直次郎が受け取らないのは、この、できあがった顔をみることで満足するからだという。

若いころから修業を積んできた証《あかし》がそこにある。

「どれくらいその形《なり》でいるのかは知らぬが、二日にいっぺんは直しにこないと、崩れる。なに、土台はできているから、直すのには小半刻（約三十分）もかからぬ」

「礼をいう」

直次郎は着替えのあるところまでついてきて、生方市十郎らしい小袖《こそで》を選び、百合郎がそれまで着ていた小袖と羽織を風呂敷に包んでくれた。

百合郎は芝居小屋の外に出たが、このまま屋敷に戻るわけにはいかぬな、と考えた。

両国広小路《ひろこうじ》から西へ三町（約三百三十メートル）ほどのところの馬喰町《ばくろちょう》に、百合郎が主人と昵懇《じっこん》にしている旅人宿『舞坂屋《まいさかや》』があった。主人《あるじ》の五兵衛《ごへえ》が舞坂の出でその名をつけたのだとか。

百合郎はそこへいき、五兵衛を表に呼びだしてもらった。

変装したままで『舞坂屋』へ入り、五兵衛を驚かすわけにはいかない、と思ったからだ。

路地の入口脇に立っていた百合郎のそばまでやってきた五兵衛は、恐るおそる、わたしになにか、といった。

「おれだよ、わからねえのも無理はねえがな、よくみてくれ五兵衛」

五兵衛は、食いはぐれた浪人者から因縁《いんねん》でもつけられ、金をせびられるとでも思ったのか、近づくこともしないまま、百合郎の顔にじっと目を凝《こ》らした。

「わからねえか、雁木百合郎だ」

「え……」

五兵衛は不審そうな顔をしたが、やがて、

「あ……雁木さま……」

といい、口をぱくぱくさせた。

「実はな、しばらくこの顔で探索しなければならなくなった。この顔では屋敷に戻ることも憚《はばか》られる。そこでだ、空いた部屋があれば、十日ほど貸してもらいてえ。だれにも正体がばれねえようにな」

『舞坂屋』には顔見知りの奉公人もいる。その者たちにも、百合郎が泊まっているのを知られたくなかった。

ただ、一人、若い釜《かま》焚《た》き見習いの三次《みよし》には、正体を打ちあけるつもりだった。三次は十五歳。目端《めはし》の利く若者で、ここに泊まっているあいだの手足になってもらう必要が生じるかもしれない。

五兵衛は落ち着きを取り戻し、感じ入ったような顔をしていった。

「ようございますとも。しかし、その顔を作ったのがどなたかは存じませんが、大したものでございますねえ」

部屋は二階奥の六畳間を取ってくれた。

三次を呼んで事情を話すと、三次はしげしげと百合郎の顔をみて、しきりに首を振り、

「まるで別人だな。本当に雁木の旦那なんだろうな」

と、小生意気な口を利いた。

「おめえのおっ母《かあ》はおこいという名で、父親は大工の源太《げんた》。おめえは十三から『舞坂屋』に奉公している。女中のお弓良《ゆら》ちゃんに思いを寄せているが、いいだせねえで……」

「わ、わかった。もうそれくらいで勘弁しろ、認めるよ、雁木の旦那だ」

慌てて廊下に顔を向けた三次がいった。だれにも聞かれていないのをたしかめたようだ。

「ちっ……かなわねえなあ、どこでお弓良のことを知ったのだ。あ、話さなくてもいい。で、おれに用ってえのは」

「この文《ふみ》をおれの屋敷に届けてもらいてえのだ。ご用の筋でしばらくここにいるから、心配するな。おれに用があるときはだれかを使いに寄越してくれ、と書いてある」

「わかった、すぐいってくる」

文に添えて、百合郎は三次に一朱銀を握らせた。一朱は、一両の十六分の一（約四千七百円）に相当する。

「さて……」

仕込みは整った。だが百合郎の考えていることを実行するには、夕刻まで待たなければならなかった。

百合郎は茶を運んできた女中に布団を敷かせ、

「夕七つ刻（午後四時）に起こしてくれ。握り飯を四つほど竹の皮に包んで、竹筒も頼む」

といって寝た。

三

手を借りたいと思い、霊巌島の家に寄り道したが、吉治郎は留守だった。

辰五郎を殺すという脅迫状を書いた人物をまだ捜しているのだろう、と考えて百合郎は諦《あきら》めた。

「しばらく、夜のあいだだけ、本堂の床下をお借りします」

百合郎がいうと、変装している百合郎をひと目で見抜いた本福寺の和尚《おしょう》は、

「お役人さまが夜通し見張っていてくださるのは、泥棒よけにもなります。あり

がたいことでございます」

といい、快《こころよ》く許してくれた。


百合郎が床下に敷いた筵は先日のままになっていた。

床下に潜りこみ、筵に横になった。

そこからなら、小塚原でみつかった、身元のわからない骨を埋めた場所が一望できた。先ほどたしかめたが、掘り返されたような跡はなかった。

百合郎は謹慎が解けるまで、夜はここで墓の見張りをつづけるつもりだった。

日がたつにつれ、江依太がいっていた、骨を取り戻しにくるんじゃねえですかね、という言葉が、百合郎のなかで重みを持ちはじめ、やがて、くるにちがいない、という確信に変わってきていた。

江依太がいっていたように、屍体が深いところに埋めてあったことも、女を殺した下手人のほかに、屍体を始末した者がいたとしたら納得できる。

屍体を海に流さなかったのは、下手人から、

「海に流すのだけはやめてくれ」

と懇願《こんがん》され、それを受け入れたのではないか、という江依太の考えにも異論は

ない。

想像するに、下手人は心底女に惚《ほ》れていたが、なんらかの事情で死なせてしまった。おのれ一人で屍体の始末はできず、始末屋に後始末を依頼した。

なぜ始末屋を知っていたのかまではわからないが、それは女を殺した下手人か、始末屋を捕まえてみればわかることだ。

始末屋が屍体を埋めた場所を、下手人が知らないのは明白だ。その場所を教えれば、女に心底惚れこんでいた下手人は、そのうち、屍体を掘り返すかもしれない。それが世間に知れ、奉行所が動きだすとなると、始末屋も枕を高くして寝てはいられない。

ここまで考えたとき、百合郎は、

――早く骨を掘り返しにきて、おれに捕まれ――。

と念じた。

ぐずぐずしていると、始末屋に口を塞《ふさ》がれかねない。

あたりはようやく薄暗くなりかけていた。秋は陽が落ちるのが早いが、百合郎にとってはようやく、であった。

そのころ江依太は煎餅《せんべい》を囓《かじ》りながら欠伸《あくび》をしていた。

呑馬は鎌倉河岸の川岸に立ち、つい先ほど会っていた岡っ引きの吉治郎の話を考えていた。

怨みを受けているとしたらこいつらだろう、といって辰五郎が名を書いてくれた三人に、吉治郎は探りを入れ、

「やはり、あの脅迫状を書いたのは裏者ではねえようでございますねえ」

少なくとも、名を書いてくれた三人が辰五郎を殺すとなると、使える配下にはこと欠かない、といったのだ。

「裏者が呑馬さんに脅迫状を送りつけ、殺しをさせようとしている、と考えるのは、どうも見立てちがいのような気がしてなりやせん。脅迫状を書いた者は、呑馬さんの身近にいるのではないか、十手持ちの勘がそういっておりますぜ」

といい、帰っていった。

呑馬が親しいつきあいをしている者は、吉辰のほかはいない。客とは親しくしているが、それは暖簾《かもく》内だけのことであって、外でのつきあいは一切ない。

板前の爺《じい》さんは寡黙で、なにを考えているのかわからないところもある。住ま

いは『馬骨』の裏の長屋で、料理の材料の仕入れのほかに、町をぶらついている話など聞いたことはない。辰五郎と知りあうとすれば鉄火場《てっかば》だろうが、馬骨の台所を一手にあずかっている爺さんには、博奕《ばくち》をやっている暇などない。

お市が辰五郎の妾《めかけ》で、振られたことで辰五郎を怨んでいる、とも考えたことがあるが、どうもしっくりこない。文字も、脅迫状の字ほど達筆ではない。

読売屋の吉辰なら、辰五郎と知りあいでも驚かないが、吉辰がなんらかの理由で辰五郎に怨みを抱いているのなら、おのれの手で始末をつけるはずだ。

吉辰とのつきあいは古く、吉辰が書き屋の修業をしているとき、おなじ長屋に、そのころはちがった名で呑馬も住んでいた。

あるとき、吉辰が部屋にやってきて、

「少々やばな場所にいかなければならないのだが、用心棒をやってくれないか」

と頼まれたのが口の利きはじめだった。そのあともつかずはなれずの関係がつづいたが、吉辰が嫁をもらってからはつきあいがなくなっていた。

女房が重い病を患い、吉辰が苦労していることを耳にし、なんとか助けてやりたいと思っていた矢先に、宗壽から、屍体の始末をしてくれ、と頼まれたのだ。

金だけをやっても受け取るような吉辰ではない。女房の薬代を払ってやるためには、巻きこむしかなかった、と呑馬は思いこもうとしているが、吉辰を巻きこんだことを悔やむことも多い。

呑馬は、辰五郎を手にかけるつもりなどさらさらなかった。

おれが動かなければ、脅迫状を書いた人物からなんらかの連絡《つなぎ》があるはずだ。

そのときどうするかを考えればいい、と吉治郎の話を聞いて肚《はら》を括《くく》っていた。

が、脅迫状がきたあと宗壽が殺された。

なにか、不穏な空気に包まれはじめているのを呑馬は覚え、胸騒ぎがしはじめていることはたしかであった。

「旦那……」

馬骨の出入り口の暖簾を左手で払ったお市が、呑馬を呼んでいた。店が混みはじめたようだ。

呑馬は重い心のまま、店に向かって歩いていった。

「読売屋の吉辰と、居酒屋馬骨の亭主、呑馬という二人の男を闇に葬《ほうむ》ればよいのだな」

念を押したのは、頬骨《ほおぼね》の高い鰓《えら》の張った男だった。鼻が左に曲がり、瞼《まぶた》がたるんだ目つきが卑《いや》しくみえた。

歳は三十代の半ばで、名を佐橋万三郎《さはしまんざぶろう》という。れっきとした旗本だが三男坊で、いわゆる『冷や飯食い』の身分であった。

「そうです」

膝を崩し、だらしなく座っている佐橋のまえに、二十五両の包みが四つおかれた。おいたのは二重顎《にじゅうあご》で目が細く極端に小さな鼻をした初老の男だった。

名を白子屋紀左衛門という薬種問屋《やくしゅどんや》の主人だ。

小さな口を、厚く赤い唇が取り巻いていて、万三郎は、赤い蛞蝓《なめくじ》が口の廻りを這い廻っているようだと、この男に会うたびに感じている。

座っていると、万三郎と背丈はさほど変わらないが、立ちあがると、紀左衛門の頭は万三郎の胸のあたりにある。足が短いのである。

「理由を聞いてはならぬ、のだな」

四つ積まれた二十五両の包みから目をはなさないまま、万三郎がいった。

「はい。理由がなければやれぬ、とおっしゃるのであれば、ほかをあたります」

佐橋は目のまえに積まれた百両が、喉から手が出るほど欲しかった。

というのも、旗本の三男坊が屋敷の外に出るのは学問か剣術道場にかようときだけ、と決められ、遊びなどもってのほかだった。だが万三郎は、夜中にこっそり屋敷を抜けだし、呑む、打つ、買うに現《うつつ》を抜かしていた。

拵《こしら》えた借金も、三百両をくだらない。

博徒の元締め、安食の辰五郎からも、

「八十七両、そろそろ耳をそろえて払ってもらわねえと、この借用書は兄上さまに……」

と、脅しも含めた催促を受けている。

女郎屋や、呑み屋の借財は先延ばしにできるとしても、博奕の借金のいい逃れは、もはや限界、というところにまで追い詰められていた。

博徒への借用書が当主の兄の目に触れれば、座敷牢《ざしきろう》に閉じこめられるのは目にみえている。だがそれならまだいいほうで、切腹を命じられる可能性も高い。

学問の苦手な万三郎も剣術は性にあっているようで、三日に一度、剣術道場にかようことも苦にならなかった。腕もそれなりで、師匠に命じられて代稽古《だいげいこ》などもやっている。

金のために辻斬りをやったことも、二度あった。町人の一人や二人殺すのをいまさら躊躇《ちゅうちょ》するようなことはない。

「よし、引き受けた。二、三日くれ」

万三郎が百両をつかんだ右手の甲には、親指の爪ほどの大きさの、鮮やかな赤痣《あかあざ》があった。

「佐橋さまに引き受けていただければ、安心でございます」

紀左衛門が両手をついて、頭をさげた。

別荘の廊下を歩きながら万三郎は、

――読売屋の吉辰をひと思いに殺さず、痛めつけて紀左衛門の秘密を聞きだしてやろう――。

と考えていた。

紀左衛門の白子屋は、日本橋界隈《かいわい》でもそれと知られた大きな薬種問屋で、その主人の秘密を握れば、しばらくは遊ぶ金に困らない。

酒焼けした顔に思わず笑みが浮かんだ。

白子屋紀左衛門は、宗壽がさまざまな始末をしてくれることは噂で聞いて知っていた。早速いって相談すると、跡形もなく屍体が消え、別荘の乱れも糺《ただ》されていた。

紀左衛門が殺したのは娘を誑《たぶら》かした遊び人であった。

娘と別れさせようとして別荘に呼びだし、金を三百両やるから、江戸から姿を消してくれ、と頼んだ。しかし男は、娘ともども、白子屋を一生喰いものにしてやると嘯《うそぶ》き、せせら笑った。

男が三百両を手にして背を向けたとき、紀左衛門は隠してあった鉈《なた》をつかんで頭に振りおろしていた。

別荘番の夫婦は、男との話を耳に入れたくなくて、三日間の休みをやっていた。

娘には、男が死んだことを知らせたくなかった。男が娘を振り、一人でどこかへ姿を隠したのだ、と思わせたかった。そうすれば未練も断ちきられる。

その別荘は、始末がすんだあと、売ってしまっていたし、娘もすでに嫁《とつ》ぎ、子どもも生まれている。

紀左衛門は、いまの平穏を壊したくなかった。

宗壽がだれに殺されたのかはわからないが、宗壽が死んでしまったいま、始末屋の足枷《あしかせ》は取れた、とみなければならない。そうなると、始末屋から強請《ゆす》られることは充分ありうる。それを紀左衛門は恐れた。

危険な芽は早めに取り除くのが紀左衛門の生き方だった。三十二で父親の跡を継ぎ、白子屋の主人におさまってからずっとそうやってきた。

男の始末はよくやってくれたが、始末屋には弱みを握られている、と危惧《きぐ》していた。悪党らのことだ、なにかあれば強請《ゆす》ってくる、との不安があった。

出入りを許していた岡っ引きの吉治郎も、なにかを探りだされるのではないか、と心配になって出入りどめにした。宗壽からは、

「そこのところはわたしが目を光らせておりますれば、ご心配には及びませんよ、白子屋さん」

といわれていた。だがその目の光が消えてしまったいまでは、早めに手を打たなければつけこまれてしまう、と考えたのである。

旗本千二百石、佐橋家は、年老いた母のために、と頼まれて薬を届けている屋敷だった。

そこで万三郎と知りあい、万三郎が薬を取りにくるようにもなっていた。

安食の辰五郎の鉄火場で偶然出会い、互いに博奕に目がないこともわかった。

辰五郎の配下に金をやって聞いたところ、高額な借金があることを知った。

それはもう半年もまえの話で、万三郎の弱点を押さえておけば、いつか使えるのではないか、と考えたからにほかならない。

吉辰を尾行して呑馬の存在を知ったのもそのころのことで、いつかは始末屋を消さなければならない日が遠からずくる、とわかっていたからだ。

仕事がすんだあと、佐橋万三郎は金を脅し取ろうとするだろう。佐橋ならそうする、という確信があったが、じわじわとひとを殺す薬は手に入れている。

その薬を、吉辰や呑馬に使うのはむつかしいが、酒や茶を振る舞っても怪しまれない相手なら、使える。

障子をあけ、外の空気を吸いこんだ紀左衛門の顔に不気味な笑みが浮かんだ。

第八章　白骨心中

一

その影が無縁墓地に現れたのは、深夜に近かった。

鎌《かま》のような月は雲間に隠れ、影の顔ははっきりしなかった。だが寝転んでいる百合郎からは、影法師の動きがよくわかった。

小塚原でみつかり、身元がわからなかったため、無縁墓地に埋められた、あの骨の場所を鍬《くわ》で掘り起こしている。

百合郎は体を起こし、いつでも飛びだせる姿勢を整えた。が、影法師が骨を掘りだして手に抱え、立ち去ろうとするまで待とうと考えた。

骨を手にしていればいい逃れはできない。

影法師の動きはぎこちなく、それでいて必死なようすがみてとれた。

骨は簀巻《すま》きにされ、そのまま埋められているはずだった。
百合郎は待った。
ようやく骨に達したようで、影法師はその場にぺたんと座りこんだ。
手を伸ばし、骨を一本つかみ取った。途端、骨にかぶりついた。どうやら骨を
嚙《かじ》っているようだ。
——なにしてやがるんだ、あいつ——。
影法師は頭を振り、必死に骨を嚙っている。
百合郎は、影法師が骨を持ち去るまで待つべきかどうか迷った。しかしもう充
分な手証をつかんだと考え、床下から這いだした。
「なにをしてる」
そばにいって声をかけると、影法師が顔をあげた。雲は薄く、かろうじて顔が
みえた。
二十七、八で色白の優男《やさおとこ》だった。
「これはわたしが惚《ほ》れ抜いた、お七の骨なんですよ」

といってにこっと笑った。笑ったその顔が急に崩れ、大きく口をあけると、

「がはっ」

と声をだし、茶碗一杯ほどの鮮血を吐いた。

血がこびりついている口で、また笑った。

百合郎には幸せそうな笑顔にみえた。

「お七のところにいきます」

といい、その場にばたっとたおれた。

「毒をのんだのか。おい、しっかりしろ、おめえの名はなんという、教えてくれ」

抱き起こして体を揺すったが、男はすでにこときれていた。

「くそう……好いた女の骨と相対死《あいたいじに》（心中）のつもりか……」

百合郎は本福寺へ戻って住職を起こし、状況を話して蠟燭《ろうそく》を借り受けた。

住職もついてきた。

「この者の顔に見憶えは」

百合郎が尋《たず》ねると、住職は自死した男の顔を蠟燭で照らしていたが、知らない顔のようで首を横に振った。

男が着ているのは手触りで高価な生地とわかる羽織で、どこかの豪商の若旦那《わかだんな》のように見受けられた。

脇にギヤマンの小瓶《こびん》が落ちていた。これに毒を入れて持参し、のんだのだろうと思われた。

懐《ふところ》を探ると西陣織《にしじんおり》の財布があった。なかは空で、覚悟の自死だと思われた。

百合郎は財布を懐に戻して草履《ぞうり》を検《あらた》めた。裏に名はない。家紋入りの金具で鼻緒《はなお》をとめる豪商もいるが、それもなかった。

革の煙草《たばこ》入れと銀煙管《ぎんギセル》を腰に提《さ》げていた。

百合郎はそれをはずして住職にみせ、

「これはわたしがあずかります」

といってから懐に入れた。

「明日の朝になったら、たったいまみつけた、といって北町奉行所へ届けていただきたい。その折り、屍体を発見したのはご住職で、わたしは、ここにはいなかったことにしてくだされ。変装でおわかりでしょうが、込み入った事情がありまして」

住職は、百合郎をしばらくみていたが、やがてうなずき、

「承知いたしました。僧たちにもきつく口止めをしておきますれば、ご案じめさるな」

といった。

月が替わり、ここでの一件は北町奉行所が扱うことになるが、死んだのが身元のわからない男では自死の動機も判然とせず、有耶無耶《うやむや》のうちに片づけられるだろう、と百合郎は考えていた。


住職に礼をいい、旅籠《はたご》の『舞坂屋』に戻った百合郎は、屍体からはずして持ち帰った銀煙管をみながら、

——手掛かりをふたつつかんだな——。

と考えていた。

ひとつは、小塚原から掘りだされた骨が、お七という名の女の骨だということ。

もうひとつは、自死した男の帯にぶらさがっていた煙草入れと銀煙管だ。

銀煙管は高価なもので、煙管を扱っているお店《たな》を廻れば、買った人物の身元がわかるかもしれない。

身元がわかれば、お七との関わりも判明し、背後に蠢《うごめ》く、と百合郎が思いこんでいる『始末屋』の背中がみえてくるだろう。

いや、どんなことをしてでも、始末屋に辿《たど》り着かなければならない。

それが、宗壽《そうじゅ》殺しの下手人《げしゅにん》につながると、百合郎は確信するようになっていた。江依太が推測したように、自死した男はお七を殺した。その後始末を『始末屋』に依頼した。けれども、お七の骨を埋めた場所は教えてもらえなかった。だが、地中深く埋められた骨が、自然薯《じねんじょ》を掘りにきた百姓によって発見された。

自死した男は、始末屋に詰め寄ったにちがいない。

『あれはお七の骨だろう』

もしかすると、話してくれなければ奉行所に訴える、と脅したかもしれない。骨と相対死するほど惚れ抜いていたのなら、小塚原で骨がみつかったという瓦版《かわらばん》でも読めば、狂気と狂喜がないまぜになり、錯乱情態に陥っていたとも考えられる。始末屋は、喋《しゃべ》らざるを得なかった。

いつかは、男を殺さなければならないときがくるかもしれない、と考えたかもしれない。

この推論に誤りがなければ、誤りはないと百合郎は信じているが、白骨と相対死した男の背後には、必ず始末屋がいる。

百合郎はなかなか寝つけなかった。

暁方《あけがた》にうとうとしたようで、夢をみた。

顔がよくみえない男たちが、裸の女を土中に埋めている夢だった。死んでいる女は、江依太だった。

はっとして目醒《めざ》め、江依太はどうしているだろうか、見張りにいい場所をみつけただろうか、と心配になった。

階下からひとが動いている音や、話し声が聞こえてきた。

早立ちの客が、朝飯でも食っているのだろうか。

顔をあげて障子をみたが、雨戸の隙間からの光はなかった。

百合郎はもうひと眠りしようとして布団に潜りこんだ。が、眠れず、起きだした。

後架《こうか》へいき、鏡を借りて顔をみると、修繕しなければならないほどには、変装は崩れていなかった。

——きょうの帰りに、鈴成座の直次郎を訪ねよう——。

部屋に朝飯を運んでもらい、食った。

どこからか、明六つの鐘《かね》の音が聞こえてきた。本石町《ほんこくちょう》三丁目の鐘だろうか。

裏庭にいくと、釜焚《かまた》き見習いの三次がいて、

「文《ふみ》はたしかに屋敷に届けた、老人が受け取ってくれた」

といった。

「父だろう。なにか尋ねられなかったか」

「承知した、とそれだけいって、小粒をくれたけど、貰《もら》っておいていいのか」

「かまわぬ」


煙草を吸わない百合郎は、煙管問屋《キセルどんや》のことなど考えたこともなかった。

こんなとき、吉治郎がいてくれたら、と思ったが、吉治郎は、安食の辰五郎を怨み、殺そうとしている奴をみつけようとして走り廻っているはずだ。

そこで百合郎が頼ったのが、『江戸買物独案内《えどかいものひとりあんない》』だった。

案内の『煙管問屋』の欄には、通《とおり》三丁目、名張屋重助《なばりやじゆうすけ》方をはじめ、四十四軒が載っていた。

百合郎がいる旅籠『舞坂屋』があるのは馬喰町だった。隣町の横山町《よこやまちょう》に、六軒の煙管問屋があることがわかった。ひとつの町内に六軒とはべらぼうな数だが、なぜ横山町に煙管問屋が集まっているのかは、独案内には書いてなかった。

百合郎はまず、亀屋五郎兵衛《かめやごろべえ》方からあたってみることにした。

舞坂屋の主人、五兵衛を部屋に呼び、

「煙管問屋の亀屋五郎兵衛を知ってるか」

と尋ねると、碁仇《ごがたき》だし、名も似ているから親しいつきあいをしているといった。

百合郎は男の銀煙管をみせ、

「これの持ち主が知りてえ。よかったら口を利いてくれねえか。おれは、ほら……」

といって両袖《りょうそで》を広げてみせ、首をかしげた百合郎は、知りあいの五兵衛さえもが訝《いぶか》った、食い詰め浪人そのものの形《なり》をしている。

亀屋にいき、おれは町方役人だ、といっても信じてはもらえないだろう。それを証明する十手《じって》もない。

「よろしゅうございますとも。お役人だということは……」

「南の雁木だといわず、遠廻しに、相手が悟るように伝えてくれ」

暖簾《のれん》を割り、ごめんくださいまし、といって店に入ってきた舞坂屋五兵衛をみた亀屋五郎兵衛は、破顔一笑した。が、すぐうしろから入ってきた尾羽《おは》打ち枯らした浪人者が目に入ったのか、戸惑ったような表情に変わった。

百合郎と五兵衛を交互にみていた亀屋五郎兵衛に五兵衛が近づき、耳元で、

「詳しい話はそのうちできるようになるだろうが、実は、隠密の探索なのだ。協力してくれ」

というと、五郎兵衛ははたと合点がいったような顔をしてあたりに目を配り、

「こちらへ」

といって客間らしい部屋にとおしてくれた。

床の間つきの八畳だった。

枯れ枝に百舌《もず》の描かれた掛け軸で、花器には寒椿《かんつばき》が活けられてあった。

五兵衛は百舌の絵に見入っていたが、百合郎は絵などに興味はない。

「これなんだが、見憶えはないか」

懐紙《かいし》に包んだ銀煙管を懐から取りだし、亀屋五郎兵衛に向かって差しだした。

五郎兵衛は障子をとおして入ってくる明かりにかざすようにして煙管をみていたが、やがて、

「これは、煙管師戸茂五郎《ともごろう》の作にまちがいございません」

といった。

「当方では扱っておりませんが、扱っている店なら、ご紹介できます。紹介状を書きましょう」

「そうか、それはありがたい。是非頼む」

　亀屋五郎兵衛が紹介してくれたのは、日本橋通三丁目にある煙管問屋、摂津屋《せっつや》嘉兵衛《かへえ》だった。

　摂津屋の暖簾を百合郎が左手で割った。

　帳場格子《ちょうばごうし》のなかにいた番頭らしき中年が、蔑《さげす》んだような目でみた。

　店にいた奉公人も客も戸惑いや不安な表情をみせている。

　不審や蔑みの目でまわりからみられることにより、百合郎も食い詰め浪人に堕《だ》した気になった。すると、おのれにもわからない感情が高ぶり、刀を振り廻して金をだせ、と叫びだしそうになった。が、ぐっと我慢をし、

「主人に会いたい。煙管師、戸茂五郎の件だ」

　と、押し殺した声でいった。

「戸茂五郎についての、どのようなお話なのでございましょうか」

　番頭が慇懃《いんぎん》に尋ねた。

「これを主人にみせてくれ」

　百合郎は、亀屋五郎兵衛がしたためてくれた紹介状を懐から取りだし、番頭に

突きつけた。

表書きは摂津屋嘉兵衛さま、となっていて、裏書には、亀屋五郎兵衛と書いてある。

文をみても、番頭の不審そうな顔つきは変わらなかった。だが亀屋からの文をおのれの一存でどうこうするのは憚《はばか》られると考えたのか、

「お待ちを」

といって立ちあがり、長暖簾を割って奥へ消えた。

奉公人や客は顔を背けていたが、目だけは、ちらりちらりと百合郎に注がれていた。

待つこともなく、腹の突き出た主人らしい男が慌ててやってきた。

両膝、両手を床につき、

「知らぬこととは申せ、番頭が失礼をいたしました」

といい、頭を低くさげた。

主人の態度に奉公人たちも興味を抱いたようで、遠慮のない顔を百合郎に向けた。

「紹介状に煙管のことが書いてあったと思うのだが……」

　といって百合郎は懐紙に包んであった銀煙管を懐から取りだし、摂津屋にみせた。

「拝見いたします」

　摂津屋は手に取り、懐紙をひらいた。

「だれに売ったかわかるか」

　摂津屋はしばらく銀煙管をみていた。

　番頭が茶菓の載った盆を運んできて、

「先ほどは失礼をいたしました」

といい、百合郎のまえにおいた。

　摂津屋が銀煙管をみせると、番頭がうなずいた。

「恵比寿屋の若旦那さまにお売りしたお品にまちがいございません」

　番頭がいった。

「恵比寿屋とは」

「質屋さんでございまして、お店は下谷同朋町にございます」

「若旦那は、二十七《にじゆうしつ》、八《ぱち》。色白の優男か」

　摂津屋が一瞬戸惑ったような顔をしたが、

「はい」

といい、番頭と顔をみあわせた。これは戸茂五郎の話ではないな、と薄々感じ取ったようだ。

「力弥さまがどうかなすったのでございますか」

「恵比寿屋の若旦那は力弥というのか」

「はい」

本福寺で自死した男は、恵比寿屋の若旦那、力弥とみていいようだ。

「いまはまだ話せねえのだが、礼をいう。片づいたら、読売に載るだろう」

銀煙管を受け取った百合郎が暖簾をわけた。そのとき、南方から足早にやってくる由良昌之助の姿が目に入った。作造を従えている。

この顔に由良が気づくだろうか、と百合郎はわずかに興味を持ったが、危ない橋をわたるのはやめ、暖簾の陰に身を隠した。

由良と作造は脇目も振らず、とおりすぎた。なにか重要な手掛かりをつかんだのかもしれない。

月替わりで南北両奉行所は月番非番になる。非番になれば大門を閉じ、訴訟は受けつけない。だがいままで関わっていた事件は引きつづき探索する。

暖簾の陰から由良と作造を見送った百合郎は、下谷同朋町へ向かった。

下谷同朋町は、寛永寺《かんえいじ》からみて下谷広小路が突きあたる東側にあって、武家屋敷と隣接していた。むかしは坊主の拝領屋敷が多かったため、同朋の名がついたといわれているが、いまは町屋で、坊主の屋敷はみあたらない。

表通りには味噌問屋や足袋《たび》問屋、料理屋、旅籠などが軒を連ねていた。

恵比寿屋は裏手の新道《しんみち》に店をかまえ、板塀に栫《かこ》まれていた。

軒下に将棋の『歩《ふ》』の駒を大きくしたような看板がぶらさがっていて、玄関に臙脂色《えんじいろ》の長暖簾がかかっていた。

『歩』は相手の陣地に入ると『成金』になる。質屋を洒落《しやれ》た看板なのだ。

百合郎は、暖簾を割るのを一瞬ためらった。

恵比寿屋で力弥の話を聞くとなれば、力弥の屍体がいまどこにあるのか、話さないわけにはいかないし、『始末屋』の話を力弥から聞いたことはないか、それも尋ねたい。

話のあと、父親は、息子の遺体を引き取りに北町奉行所に出向く。そこで、「息子が無縁墓地で自死したことをだれに聞いた」

と問われれば、

「隠密の探索だという浪人者に。その浪人者は息子の銀煙管を持ってきた」

と答えるだろう。

隠密の探索、という者が北の隠密廻りではないことはすぐに知れる。そうなると、南町奉行所に問いあわせがくる。

その話が川添孫左衛門の耳に入れば、その正体は、自宅謹慎中の雁木百合郎しかいない、と気づくにちがいない。

それならここでやめるのか、と百合郎は自問自答した。

「よし……」

自宅謹慎を破ったことでなんらかの処罰がくだされるなら、甘んじて受けよう。

そのように心を決めると、百合郎は臙脂色の暖簾を左手で払いのけるようにわけた。一直線莫迦《ばか》にとっては、いまさら諦《あきら》めるわけにはいかないのだ。

二

痩せて色黒の中年が帳場格子にいて、百合郎をぎろっと睨《にら》んだ。だがその目に蔑みの色はなかった。質屋にやってくる浪人者には慣れているのかもしれない。遣手《やりて》の番頭のようだ。

　土間は三坪ほどで板の間がおおよそ十畳。左の壁には奉行所から配布された注意書きが貼ってあった。

　正面の壁は縦格子で、次の間で働く奉公人たちの姿がちらちらとみえていた。

　板の間にはなにもなく、帳場格子のなかに番頭らしいのが一人だけ座っていた。脇に手文庫がおいてある。

　町人にとっての質屋は、近所にあるおのれの蔵のようなもので、衣替えの季節には、例えば夏物と、それまで入れてあった冬物とを交換し、多少の利子を払う。きょう、いま、わずかの金でも必要なら鍋釜でも質に入れ、次の日には引きだす、というようなことを当然のように繰り返していたのである。

　町人にとっては、質屋は決して敷居の高いものではなく、日常茶飯事に利用する、便利な金融機関であった。

　番頭はなにもいわず、百合郎にじっと目を向けている。百合郎が質種《しちぐさ》をだすのを待っているのだろう。

　百合郎は懐から懐紙に包んだ銀煙管を取りだし、番頭にわたした。数人の手を経てきた懐紙には、しわが寄っていた。

番頭は懐紙をひろげ、無言で銀煙管をみていたが、

「おまえさまは『つき馬』ですか」

といった。

つき馬とは遊女町吉原の借金取りのことだ。客について住まいまでいき、借金を取り立てるからそのように呼ばれている。

「あんたはおれを吉原の用心棒だとみたのだな。若旦那が吉原で借金して留《とど》めおかれたので、この銀煙管を持って父親の店にいき、借金を払ってもらってくれ……と頼まれたのだと」

番頭はなにもいわなかった。

「若旦那の名は、力弥というのか」

百合郎の問いを無視した番頭は、

「揚代《あげだい》はいかほどですか」

と聞きながら手文庫を引き寄せた。

異を唱えなかったところをみると、若旦那の名は力弥だ。

つき馬が借金取りにやってきた、と番頭が勘違いしたということは、力弥は、

昨夜から戻っていないことを示唆《しさ》している。こんなことが度々《たびたび》あったのだろう。

「若旦那のことで、主人に会いたい。大切な話だ」

「わたしがうかがいましょう」

番頭の目に、ちらっと軽蔑《けいべつ》の色が浮かんだ。質種はないが金を都合しろ、と脅しでもかけるのだろう。そのように考えたようだ。

「おれは大坂奉行所の隠密廻りだ。ある集団を追って江戸までくだってきたが、どうやら、若旦那の力弥と関わりがあるとわかってきた」

つけ焼き刃の身元隠しだということは百合郎も充分承知していたが、北の定町廻り同心連中を戸惑わせるには、我ながら悪くない手だと思った。

大坂にまで問いあわせるには、少なくともひと月はかかる。

「そうですか」

番頭は動じなかった。顔に浮かんだ蔑みの表情を隠そうともしなかった。

「このところ、若旦那のようすがおかしかったのではないか」

百合郎は鎌をかけた。惚れ抜いていた女の骨が小塚原でみつかった、と知れば、穏やかではいられなかったはずだ。

「力弥は自死したぜ。いや、まだ力弥だと、はっきりいいきれぬのだが、毒薬をのんだのは色白の優男で、歳は二十代の半ばから後半。その煙管と煙草入れを帯からぶらさげていた。懐には西陣織の財布があったが、なかは空だった」

「西陣織の財布……自死……」

呟《つぶや》いた番頭の顔からすっと血の気が引き、蒼白《そうはく》になった。

「お……お待ちください」

立ちあがった番頭は、よろける足取りで奥へ向かった。

息子や娘が死んだ、と親に知らせる場に百合郎は三度立ちあっていたが、いまだに慣れなかった。できることなら、悲しみに暮れる両親の顔もみたくなかった。

だがそうもいっていられない。

しばらく待つと、奉公人らしいのを一人連れた番頭が戻ってきた。

「こちらへどうぞ」

番頭はいって奉公人を残し、百合郎をいったん外へ連れだした。

路地から裏に廻り、裏木戸から百合郎をなかへ入れた。

そこは手入れのいき届いた庭で、隅に堂々とした二戸前《にとまえ》の土蔵と、離家《はなれ》らしい、瓦葺《かわらぶ》きの平屋があった。

番頭は、その離家に百合郎を案内した。

玄関をあがって廊下をいくと、裏庭に作られた池がみえた。十数匹の緋鯉《ひごい》が泳いでいる。

百合郎は立ちどまり、しばらく鯉をみていた。鯉に興味があるわけではないが、なにかが百合郎の足をとめさせた。それがなにかはわからない。

「こちらでございます」

番頭は廊下を右に曲がったところに立っていて、障子に手をかけていた。

「お連れいたしました」

と声をかけ、障子をあけた。

座敷で待っていたのは、がっしりした体つきの、二重顎《にじゆうあご》の男であった。

百合郎が座敷に足を踏み入れると軽くうなずき、顔をあげたあとは、百合郎にじっと目を注いでいる。

息子が自死したようだと聞いたはずなのに、動じているようすはなかった。

「主人の豪右衛門《ごうえもん》でございます」

番頭の声が背後で聞こえ、障子がしまった。

百合郎は男のまえに腰をおろし、

「大坂町奉行所隠密廻り同心、生方市十郎だ」

といった。

座敷が散らかっているわけではないし、畳が擦《す》りきれているわけでもないのに、なぜか薄汚れ、寂しくみえた。

床の間は設《しつら》えてあったが、花器も掛け軸もない。

「江戸のお生まれですかな」

豪右衛門がいった。

「なぜそう思う」

百合郎は上方訛《かみがたなま》りを話せないため、江戸弁で喋っている。豪右衛門が江戸生まれだと思ったことは想像にかたくない。それなら上方からやってきたというのは、嘘ではないか。嘘なら、隠密廻り同心というのも嘘かもしれない、と考えているのだろうか、と百合郎は訝った。

大坂からきた隠密廻り同心というのが嘘だと豪右衛門が考えているのなら、この浪人は、なぜ息子が自死したという話を恵比寿屋に持ちこんできたのか、その真意を探りだそうとしているのかもしれない。

それなら、息子の自死の話をするまえに浪人の正体を知りたいと思うのも無理はない、と百合郎は納得した。

豪右衛門は、妙に落ち着いていた。

あるいは、力弥はできの悪い養子で、死のうが生きようが、あまり関心がないのだろうか。

「上方訛りがありませんので」

豪右衛門が素っ気なくいった。

「大坂に赴任《ふにん》する上司についていったのだがな、下手《へた》な上方弁で向こうの連中に笑われてから、使わない、と決めたのだ」

「さようでございましたか」

「力弥というのは息子だな」

「はい。力弥が自死した、とあなたさまが話しておられることは、番頭から聞いております。ですが、力弥の銀煙管を腰からさげていただけで、その者が力弥だと断定することはできますまい」

では、これから北町奉行所にいって本人かどうかたしかめてくれ、というのは容易《たやす》いが、それをされると、あとの話が聞けなくなる。

また、息子の屍体をみたい、と父親がいったときは、

「そのまえに、少しばかり話を聞かせてくれ。なに、手間は取らせねえ」

と説得するつもりだった。しかし、その心配はなさそうだ。

百合郎の狙いは、豪右衛門が『始末屋』の話を力弥から聞いていないか、聞いていたら、どんな話だったのかをたしかめることであった。

力弥がお七を殺し、後始末を『始末屋』に依頼したのはほぼまちがいないだろう。始末屋に依頼したとき、父親に相談したかもしれないのだ。

「では、力弥は家にいるのか」

「いいえ、昨夜のいつ抜けだしたのかわかりませんが、姿を消しております」

「歳は二十七、八。色白の優男で、西陣織の財布とその銀煙管を所持していた、となると、まずまちげえあるめえ」

豪右衛門がかすかにうなずいた。百合郎が持参した銀煙管は、豪右衛門の脇においてあった。

「大坂からある集団を追って江戸にくだってきた、と番頭におっしゃいましたそうですが、その集団と息子とは、どのような関わりがあったのでございましょうか」

「大坂奉行からの密命だからな、たとえ江戸の町方役人にも洩らすことはならねえのだが、口外しねえ、と約束してくれるか」

恵比寿屋にくるまでに、いろいろと口上は考えてきたのだが、こうもすらすらと嘘が飛びだすと、百合郎は天性の嘘吐《うそつ》きになったようで、妙にそわそわした。

「承知しました」

百合郎は瞬時考え、嘘を重ねた。

「大坂に『始末屋』と呼ばれる、だれかが殺した屍体の後始末をする連中がいたのだ。そいつらが大坂を売り、江戸にくだってきたという情報《ねた》をつかんだのだ」

といって百合郎は言葉をきり、

「始末屋について、なにか聞いたことはねえか」

と尋ねた。豪右衛門の目をみていたが、目玉の動きに変化はなかった。

「はじめて耳にします」

「そうか。ここから始末屋と力弥とのつながりができるのだが……」

豪右衛門は動じない。

「たぶん、力弥はお七という娘をなんらかの理由で殺したのだと思う」

「まさか……うちの息子にかぎって……」

息子がどこぞの娘を殺したと聞き、驚いてはみせたが、豪右衛門の顔色は変わらなかった。

「どこで知ったのかはわからないが、力弥は、始末屋の存在を知っていて、それでお七の屍体の始末を頼んだのだろうな。ところで……」

といい、百合郎は間をおいてから尋ねた。

「お七という名に心あたりはねえか。力弥がつきあっていたとしたら、一年から二年ほどまえのことだろうと考えられるのだが」

蘭方医の柴田玄庵は、はっきりはいえぬが、すくなくとも、埋められて一年前後はたっている、といっていた。

「お七は、力弥が栫《かこ》っていた妾《めかけ》でございます。千住《せんじゅ》で宿場女郎をしておりまして、息子がどうしてもと泣きついてきたものですから。あいつの母親が亡くなったあとのことでございますから……三年ほどまえになりますが……」

といい、豪右衛門は言葉をきった。亡くなった女房のことを思いだしたのかもしれない。

「お七を身請《みう》けしてやりました」

ひと息ついた。

「それからの力弥は、お七のところに入り浸っておりました。それが、昨年の初夏のことだったと記憶しておりますが、妾の家に泊まってこなくなったので、どうかしたのかと尋ねてみますと、お七の母が亡くなったので、暇をやって越後《えちご》に帰した、といっておりましたが……まさかお七を殺し、始末屋などという連中に頼んで屍体を始末をさせていたとは……」

声は沈み、目になんらかの色が現れたが、うつむいたのでそれがなにかは読み取れなかった。

「その連中は、人殺しまで引き受けるのでしょうか」

うつむいたままの豪右衛門がいった。

「そこまではわからねえが、なぜだね」

「お七を殺したのが力弥ではなく、力弥から殺しを頼まれたその連中だとしたら、多少は気が楽になると、親の我《わ》が儘《まま》でございますが……」

と豪右衛門はいい、顔をあげて百合郎をみた。

「力弥は自死ではなく、その連中に口を塞《ふさ》がれたとは考えられないのですか」

「実はな……おれは力弥が死んだ場所にいたのだ。だれかが手をくだしたのなら、おれがみたはずだ」

豪右衛門は百合郎をみあげ、睨んだ。

「なぜとめてくださらなかったのですか」

「まさか、自死するなどとは微塵《みじん》も考えていなかったのだ」

「そもそも……なぜ、息子を見張っていたのでございますか」

「いや、力弥を見張っていたわけではなく、無縁墓地に埋められた骨を見張っていたのだ。もしかすると、骨の身元を知っている者が、墓を掘り返しにやってくるのではないか、と考えたのだがな」

豪右衛門は首を振ったが、なぜそういう結論に辿り着いたのかまでは尋ねなかった。

「お七がいなくなって、息子はかなり落ちこんでおりました。母親は三年まえに病で亡くしておりますし……そのことがお七に心引かれた要因でもあったのではないかと、考えておりますが……お七が越後へいったといったあとの力弥はここに籠もったきり、滅多に顔もみせなくなりましたから、恵比寿屋の跡継ぎをどうするか、番頭とも相談していたところでした。わたしどもには、子どもは一人だけでしたので」

「お七が栫われていた家はまだあるのか。あったらみせてほしいのだが」

「力弥が、あの家は処分してくれ、といいますものですから……」

といって豪右衛門は首をひねり、

「越後へ帰った、といっても、母親の葬儀が終わればお七はまた戻ってくる、とわたしは思っておりましたから、もう戻ってこないのか、と息子に尋ねましたところ、もう、戻ってはこない、というものですから、息子の望みどおり、処分いたしました」

豪右衛門の口数が多くなるにしたがい、話ができすぎているように思えてきた。百合郎がここは変だ、と疑える穴がどこにもないのだ。

「この座敷は寝間ではないようだが、力弥の寝間をみせてもらえるか」

「どうぞ。となりでございます」

豪右衛門は立ち、廊下に出て百合郎を待った。

百合郎がつづくと、豪右衛門がとなりの座敷の障子をあけた。

そこは六畳ほどで、獣の巣を思わせた。

布団は敷きっ放しで、のみかけの茶碗や一升徳利。出前で頼んだらしい桶《おけ》や食器、ひっくり返った銚子、脱ぎ散らした衣類、足袋、汚れた手拭《てぬぐ》い、紙屑《かみくず》、黄表紙《きびようし》（小説本）、菓子の包み紙や菓子餡《あん》のこびりついた経木《きようぎ》。

なぜか枯れ草や木の枝など、あらゆるものが散乱し、みるからにじめついている敷きっ放しらしい布団を、それらのものが輪のように取り巻いている。

鴨居《かもい》には数着の小袖が、歪《いびつ》な格好で掛かっていた。

六段の桐簞笥《きりたんす》があったが、抽斗《ひきだし》が半分引っ張りだされているのもあり、そこからは長襦袢《ながジュバン》が垂れさがっている。

得体の知れないにおいが座敷に染みこんでいるようであった。

「だれかが入ると、怒り狂うものですから……食いものだけは運んでおりました。それで姿が消えているのを知ったわけでして」

座敷が散らかっていることのいいわけのように、豪右衛門がいった。

「簞笥のなかがみたいのだが、かまわねえか」

「かまいませんとも」

簞笥の抽斗を下段から引っ張りだしてみたが、ほとんどが衣類で、『始末屋』に辿りつけるかもしれないと思われる書きつけなどは、みつからなかった。

なぜだかわからないが、抽斗のひとつに、枯れ枝が入っていた。

「そこにもあるようだが……」

百合郎は布団の脇を指差した。

「この枯れ枝はなんだ」

豪右衛門はじっと枯れ枝に目を注いでいたが、

「息子の考えていたことなど、わたしにはわかりません」

といい、首を振った。

「枯れ枝におのれの姿を重ねてみていたのでしょうか」

豪右衛門が呟いた。百合郎に聞かせようとは思っていなかったようだ。

上段の抽斗に鯉の餌《えさ》のようなものが入っていた。

百合郎がそれを手にしてみていると、豪右衛門が、

「息子の遺体はどこにあるのでしょうか。引き取ってやりたいのでございますが」

といった。

「そうだな。北町奉行所が月番だと聞いたので、そこか、あるいは、北町奉行所が使っている大番屋に安置されているとも考えられるな」

「では、早速……」

そろそろ帰ってくれ、といっている。

座敷を出て廊下に立つとふたたび、鯉が泳いでいる池がみえた。

庭の沓脱《くつぬ》ぎに歯の擦りきれた下駄《げた》があった。

百合郎は寝屋に引き返し、鯉の餌を手にして庭におりた。

豪右衛門はなにもいわずにみていた。

餌は煎餅《せんべい》を砕いたようなもので、なにでできているのかはわからないが、池に放りこむと、すべての鯉が群がった。なかには、顔というのか、目のあたりまで水から突きだして餌を取ろうと必死にもがいている真鯉もいた。

餌をやりながら百合郎は、ふと、

——力弥にとっては、鯉に餌を与えることが、唯一、心の和《なご》む行いだったのではないか——。

と考えた。

池の浅いところに割れた茶碗の欠片《かけら》がみえた。

力弥が池の縁の石に茶碗を投げつけたのかもしれない、と思ったとき、ふいに頭に閃《ひらめ》いたことがあった。

「恵比寿屋」

「はい……」

「おめえ、四国屋の隠居、宗壽《そうじゅ》を知ってるな」

「どなたでございますか。わたしの知りあいに宗壽などというお方はおられませんが」

これまでとおなじように、表情が変わることはなかったが、目に一瞬、かすかな怯《おび》えのようなものが走ったのを百合郎は見逃さなかった。

あっ……口から零《こぼ》れそうになった言葉を、百合郎はかろうじてのみこんだ。

――『始末屋』を知っていたのは力弥ではなく、この豪右衛門だ――。

お七を手にかけた力弥が狼狽《ろうばい》し、助けを求めた。それに応じた父親が『始末屋』に話をつけてお七の遺体を始末させたのだ。

百合郎は確信したが、手証はない。手証がないかぎり、縛《しょ》っ引《ぴ》いて石を抱かせるわけにもいかない。

ここで問い詰めても白状するような人物ではない。

息子に会いたい気持ちを豪右衛門が抑え、百合郎の話を聞きたかったわけもこれでわかった。豪右衛門は、百合郎がどの程度『始末屋』に迫っているのかを知りたがったのだろう。もしも始末屋が捕まるようなことにでもなれば、豪右衛門にも手が伸びる。うかうかとしてはいられない。

「始末屋の話が耳に入りましたら、どこへお届けすればよろしいのでございますかな。大坂のお奉行所まではどうも、遠ございますから」

豪右衛門がぬけぬけといった。

「まあ、始末屋は裏の連中だから、おめえの耳になにかが入るとは思えねえが……とはいえ、力弥と始末屋が関わりあるのなら、おめえも気をつけるに越したことはねえなあ。というのも、宗壽は始末屋との諍《いさか》いで殺されたらしい、と考えている者もいるのでな。始末屋の顔を知ってる者がいれば、生かしちゃおかないかもしれない」

一直線莫迦が、はったりまでかますようになったかと、百合郎は内心苦笑した。

ここで、宗壽は始末屋に殺された。おめえも狙われているかもしれねえから、知ってることをすべて話せ。そうすれば、おれがここにいて用心棒をしてやる、といってもよかった。だがそうなると、力弥の屍体だと豪右衛門が確認する場にも立ちあわざるをえなくなる。当然、北町奉行所の顔見知りの同心に会う。北の同心に、大坂からやってきた隠密廻りだというういわけはつうじない。

百合郎は、抜き差しならない立場に追いこまれるのだけは、避けなければならなかった。

「南町奉行所に、むかしの知りあいで雁木百合郎という同心がいる。そいつに知らせてくれれば、おれに伝わるようにしておく。邪魔したな」

残りの鯉の餌を豪右衛門に握らせた百合郎は、豪右衛門の掌《てのひら》が汗ばんでいるのに気づいた。

三

旅籠の『舞坂屋』に戻ると、玄関先にいた五兵衛が、

「お客さまが部屋でお待ちです」

といった。

「だれだ」

「さあ、名のられませんでしたから名はわかりませんが、目つきの鋭い、ちょっと怖そうなお方です」

おれがここにいるのを知っているのは父だけだ。父がその者に居場所を知らせたとなると、心を許した者のはずだから心配はないだろうがと考え、百合郎は左親指を刀の鍔《つば》に添えながら階段をあがっていった。

百合郎に宛てがわれている部屋の障子があいていて、

「吉治郎……」

座敷に座っている吉治郎の姿がみえた。

たしかに、吉治郎を五兵衛に紹介したことはなかった。

「おめえ、辰五郎の件は……」

吉治郎が百合郎の変装をまじまじとみていった。

「そっちは片がつきやした。で、きょうから旦那について歩こうとしてお屋敷にうかがいましたら……」

「父から聞いたのか」

「面《つら》をみせないほうがよかったですかい」

「いや、助かった。実はな、見張ってほしい人物がいるのだが、おれではどうしようもねえ」

「へい……」

百合郎は力弥が自死したことから、始末屋に関わっていたのは、父親の豪右衛門だったのではないか、と考えたことなどを話し、

「しばらく恵比寿屋に張りついてみてくれ」

と頼んだ。

吉治郎はふたつ返辞で『舞坂屋』を出ていった。

変装の崩れを直してもらうため、百合郎は直次郎に会いにいった。

陽がかたむきかけていた。

江依太は大根を囓りながら、遠眼鏡《とおめがね》を覗《のぞ》き、宗壽の隠居所のあたりをみていた。竹の垣根と竹林のため、隠居所の建物はみえないが、太い材木を支柱に作りつけられた扉と、竹林の脇にある、すっかり葉を落とした大きな三本の欅《けやき》がみえていた。

春先か、初夏にでも作られたらしい鳥の巣が、枝と枝のあいだに四個ほどあるが、遠眼鏡で覗いても、雛《ひな》の姿はなかった。親鳥もやってはこない。

江依太は遠眼鏡が気に入っていた。とにかく、遠くのものがすぐ手の届くところにあるようにみえる。

樹々や山鳥、猫や犬などは無論のこと、たまにとおる棒手振《ぼてふ》りの無精髭《ぶしようひげ》や、近所の女房の顔の黒子《ほくろ》までみえる。

朝は、宗壽の世話をしていたお末が隠居所へ入っていくのもみていた。後片づけにでもきたのか、二人の子どもは連れていなかった。

「お末さん」

二町歩ほどもはなれて歩いているのをつい忘れ、お末に声をかけたりした。

そのお末は、半刻（約一時間）ほどで帰っていった。

「あれ……あのお方は……たしか……」

ふいに、宗壽の隠居所のまえの道に現れたのは、読売屋の吉辰だった。

「吉辰さん……」

吉辰は、江戸の情報屋《ねたや》と呼ばれていると百合郎から聞いているので、宗壽と知りあいだったとしても不思議ではないが、葬式は檀那寺《だんなでら》でやるといっていたし、ここにはだれもいない。

そんな場所に、読売に書く情報《ねた》を探しにきたとも思えなかった。

吉辰は、扉をあけようとしていた。

そこからお末が苦もなく出入りしたのだから、南京錠《ナンキンじょう》などはかかっていないはずだった。

なかに入られたら、遠眼鏡ではみえなくなる。

江依太は気になり、近づいてみてみたいと考えた。遠眼鏡で見通せるくらいだから、途中は野菜畑で、身を隠すようなものはなにもない。

江依太がどうしようか迷っていたとき、吉辰が出てきたのとおなじ脇道から、湧いて出たように浪人者が姿を現した。江依太が浪人者とみたのは、袴穿《はかまば》きに大刀を一振りだけ落とし差しにしていたからだ。寒さよけか、鼻から下を手拭いで覆《おお》っている。

浪人者が吉辰になにか話しかけた。

吉辰が逃げようとした。

「あっ……」

江依太は声をあげたが、吉辰に聞こえる距離ではない。

吉辰はすでに背中を斬《き》り割られていて、たおれる途中だった。

凄《すさ》まじい腕だ。

飛びだしても間にあわないし、浪人者を捕らえるどころか、斬り殺されるのが落ちだろう。

江依太は、人殺しの特徴を捉え、憶えこもうと目を凝《こ》らした。

月代《さかやき》が伸びている。だが、鬢《びん》の毛となにかが異なっているような気がした。眉毛は薄く、右目に比べて、左目のほうが細い。

大刀についたはずの血も拭わず、浪人が納刀した。

右手の甲にある、親指の爪ほどの大きさの真っ赤な痣《あざ》をみた、と江依太が思ったとき、すでに浪人者は踵《きびす》を返し、すぐ塀脇の路地に姿を消した。

江依太は小屋から走りだし、畦道《あぜみち》を駆けた。二町歩の距離が、途方もなく長く感じた。駆けても駆けても、まだ半分も走ってはいない。

「吉辰さん……」

息をきらしながら、吉辰がたおれているそばまできて屈《かが》みこみ、声をかけた。

吉辰は顔を横に向け、腹這いでたおれていた。

「吉辰さん……」

呼びかけたが、吉辰はすでにこときれていた。

屍体には触らないほうがいい、と考えた江依太は、先ほど浪人が姿を隠した脇道に走りこんだ。

まっすぐな路地で、地面は腐葉土《ふようど》に埋まっていたが、先ほどの浪人者の姿はなかった。足跡もみえない。

右手は宗壽の隠居所の竹垣がつづいている。左手は、一間《いっけん》間隔の腐りかけた竹柵《たけさく》に三本の棕櫚縄《しゅろなわ》が張ってあるだけで、容易に出入りできそうだった。だが竹柵のなかは孟宗竹《もうそうちく》が密集した竹藪《たけやぶ》だった。枯れてたおれかかった竹や、途中で折れている竹もあった。竹藪に入りこんだとは思えなかった。江依太が駆けつけているあいだに逃げ去ったにちがいない。

できることなら浪人者を尾行し、住まいだけでもたしかめておきたかった。

百合郎が奉行所にいないことはわかっていた。

月が変わったので、吉辰の一件は当番の北が扱うことになるが、

――とにかく百合郎さまにこのことを……――。

そう考えた江依太は、八丁堀《はっちょうぼり》の百合郎の屋敷に走った。


「江依太じゃねえか」

浅草橋御門を抜け、馬喰町四丁目に差しかかったとき、声をかけられた。

みると浪人者が立っていた。先ほど、吉辰を斬り殺した浪人者、と咄嗟《とっさ》に思って腰が引けたが、あいつがおいらの名を知っているわけがない、と思い直して浪人者をみると、そいつが笑いかけた。

「おれだよ、わからねえか」

声には聞き覚えがあった。

「百合郎さま……ですか」

浪人者はひとつうなずき、

「急いでいるようだが、おれに用だったのか」

といった。

――直次郎さんには天賦《てんぶ》の才がある――。

以前、感情がない男が母親を殺した現場に飛びこんできた百合郎は、やや変装が崩れていたのですぐわかったが、きょうは声を聞くまで、まったくわからなかった。

江依太は感動していて、百合郎がいったことを聞き逃した。

「え……」

「おれに用か」

「あ、はい。読売屋の吉辰が浪人者に斬り殺されました」

百合郎は一瞬の間をおき、

「それは真実《まこと》か……」

と、呟くようにいった。

「みたことをつぶさに話せ」

百合郎と江依太は、『舞坂屋』へ戻っていた。

すでにあたりは薄暗く、行燈《あんどん》には灯が入っていた。

江依太はみたことを話した。

「実はな……」

百合郎は、力弥が自死したことから、力弥の父親が、お七の屍体の始末を『始末屋』に任せたのではないか、と考え、吉治郎を張りつかせていることを江依太に話した。

「無縁墓地を見張っておられたのですか……」

骨になった女を殺した下手人が、骨を掘りだしにくるかもしれない、といいだしたのは江依太だった。その江依太は、早々に、そんなことはあり得ませんね、といってその考えを棄《す》てたのだ。まさか、百合郎が動いているとは考えなかったのだろう。経緯《いきさつ》を聞いた江依太は、くすぐったそうな顔をしている。

「ああ……だからかもしれねえが、おれの頭のなかでは、すべての件が始末屋と結びついちまうのだ」

「力弥が骨を掘りだして自死したからには、力弥が殺したお七の屍骸を埋めただれかがいる……始末屋の存在が浮かびあがってきましたね」

百合郎は深くうなずいた。

「おめえは屋敷に戻り、汗でも流せ」

江依太は袖のにおいを嗅《か》いだ。

「案ずるな。おめえが汗くせえわけじゃねえよ。それをいうならおれのほうだ。体の汗は流せても、顔は洗えねえし、顔に汗をかくことも直次郎に禁じられちまってるしな」

「百合郎さまはなにを……」

「右手の甲に赤痣があるという浪人者を捜してみる。浪人者が屯《たむろ》している呑み屋をあたっていけば、だれかが知ってるはずだからな。気の遠くなるような話だが、名がわからねえのでは、それしかないだろう。なにかが足りないのなら、足りないものを探すためにまえへ進む」

「それにしても、雲をつかむような話でございますねえ」

「それをやるから一直線莫迦などと揶揄《やゆ》されるのだ」

と百合郎はいい、笑った。

「その顔で笑われると、怖いですよ」

江依太は本気で不気味なものをみたような顔をした。

第九章　由良昌之助吐血

一

次の日。

『恵比寿屋』の出入り口には簾《すだれ》がかかり、『忌中《きちゅう》』の札がぶらさがっていてひとの出入りはなかった。

自死だとわかった力弥の屍体は、すぐに引き取らせてくれたようだ。ということは、力弥の背後に蠢《うごめ》く『始末屋』の存在に北町奉行所は気づいていない、とみていい。

「傘の骨えええ……買い……まあすうう……」

と、声をあげながらやってきた金太《きんた》は、恵比寿屋のまえに立っている浪人者の姿を目にした。だがそれが雁木の旦那《だんな》かどうか、見分けがつかなかった。

金太は吉治郎が使っている下っ引きで、紙の破れた傘の骨を買い、傘屋におろすのが商いだ。紙を貼り直すのはまたべつの者がやる。

「変装しなすった旦那が、恵比寿屋のようすをみにこられるかもしれねえから、そのときは、寺を教えておいてくれ」

と吉治郎から命じられ、このあたりを廻っていたのだ。

――旦那なら、近づけば声をかけてくださるだろう――。

そう考えて浪人者に近づくと、

「おれだ、金太」

と声をかけてくれた。

「旦那かもしれない、とは思ったのですが、その形《なり》でやすから自信がなくて……」

擦《す》れちがいながら顔は正面に向けたままの金太が、

「きょうは息子の通夜で、葬儀は明日だそうですが、根岸《ねぎし》の両然寺《りょうぜんじ》で執《と》り行われておりまして、親分もそちらへ……」

と小声で伝えた。

百合郎は金太のあとにつき、なにげなく歩きはじめた。

恵比寿屋の命が狙われているかもしれないことは、吉治郎も承知している。そのあたりの手配り、気配りに抜かりがあろうはずがない。

「ところで金太、右手の甲に親指の爪ほどの赤痣《あかあざ》のある浪人者を知らねえか」

金太は歩きながらしばらく考えていたが、心あたりはなかった。どういうわけでその浪人者を捜しているのか尋《たず》ねたかったが、吉治郎から、よけいな口は利くな、と釘《くぎ》を刺されていた。

「いえ」

「仲間にも聞いてくれ。なにかわかったら、吉治郎に知らせておくようにな」

「へい、うけたまわりました」

いうと、金太は路地へ曲がった。

「傘ああ……傘の骨ええええ……買いましょう……」

役目がら、百合郎は浪人者が集まる場所を心得ていた。

まともな稼ぎをしていない浪人者は、町人にたかるか、お零《こぼ》れにあずかろうとする。難癖《なんくせ》をつけて町人から金を巻きあげるのも常套《じょうとう》手段だし、町人に喧嘩《けんか》を売って憂《う》さ晴らしをする輩《やから》も多い。

そのような場所といえば……。

まず近場から、と考えて百合郎は踵《きびす》を返し、両国広小路に向かって歩きはじめた。あそこなら、筵《むしろ》で栫《かこ》った芝居小屋はあるし、遊び場にも、呑み食いする場所にもこと欠かない。

それなら、すぐ先の下谷広小路より、両国だろう、と見当をつけた。

同朋町から武家屋敷に栫まれた道を南に抜けて火除《ひよ》け地に出ると、神田川の下流に人集《ひとだか》りができていた。

役人の姿も、小さくみえた。

四、五人の町人が、川を覗《のぞ》きこむようにしてみている。

「なにかあったのか」

百合郎が尋ねると、一人が振り向き、

「浪人者が斬《き》られ、川に浮いていたらしゅうございます」

『浪人者の屍体』と聞き、

――無視はできないが――。

と百合郎は思った。だがこの格好で屍体をみにいけば北の同心の目にとまり、なにか聞いてくるのは火をみるよりあきらかだ。擦れちがうくらいなら気づきもしないだろうが、北には知りあいの同心も少なくない。近づいて面と向かいあえば、百合郎の変装だと気づかれるかもしれない。

——いや……——。

と、百合郎は考え直した。むしろ、気づかれるほうがいい。気づかれないと、北に縛《しょ》っ引《ぴ》いていかれる恐れもある。それよりは、潜入探索をしているなどと偽《いつわ》って正体を明かし、その場を取り繕《つくろ》ったほうが、のちのち悪い状況に陥らないにちがいない。

そのように考えた百合郎は和泉橋《いずみばし》をわたり、人集りに向かって歩いていった。

奉行所の足軽が六尺棒を横にし、二十人ほどの弥次馬をとめていた。

弥次馬を掻きわけて覗くと、堤下《つつみした》の、雑草が枯れたちょっとした空き地に、まだ濡れたままの屍体が寝かせてあった。傷はみえなかったが、小袖《こそで》の腹のあたりが斬り割られている。

元結《もっとい》がきれた髪はざんばらで、月代《さかやき》もわずかに伸びていた。水に浸かっていた顔は蒼白《あおじろ》く、歳はよくわからないが、四十まえだろうか。

北の検視医の三宅圭心の姿はまだなく、同心が屍体を検《あらた》めている。

弥次馬に目を配っていた同心が百合郎に目をとめ、土手をあがってきた。

北の定町廻り同心で名を石川貞太郎《いしかわさだたろう》というが、屋敷が百合郎の住まいの近所で、会えば軽口を叩きあう程度の仲であった。

「殺された浪人と知りあいか」

頭をかたむけ、睨《にら》みつけながら石川が聞いた。頭をかたむけながら話すのは、石川の癖だ。

百合郎は石川の目をみたがなにもいわず、弥次馬からはなれた。石川も無言でついてきた。

「実はな、内密の探索なのだ」

弥次馬から五間（約九メートル）ほどはなれて百合郎は立ちどまり、振り向いていった。

「そういえば逃げられるとでも思っているのだろうが、そうはいかねえぞ」

この浪人者は怪しい、と決めつけたように石川がいった。すでに刀の鯉口《こいぐち》をきっている。

「筒井《つつい》奉行直々《じきじき》の厳命なのだ。だれにも話すなよ。北の榊原《さかきばら》さまにもだ」

「なんだと……」

石川が百合郎の顔を覗きこんだ。

「おれだよ、わからぬか、石川。雁木百合郎だ」

「おれを騙《だま》そうとしても……」

といったところでようやく気づいたのか石川が、

「あっ……」

啞然《あぜん》とした。

「雁木……なんだその格好は……」

といったあと、まじまじとみつめ、

「しかし、みごとなものだな」

と感心した。

「実はな、ある人物が浪人狩りを目論《もくろ》んでいるらしいという情報《ねた》をつかんでな、その人物を探りだせ、とお奉行から申しつかっておるのだ」

嘘がすらすらと出てくるようになったのには、百合郎自身も慣れつつあった。

「なんとか理由をつけて、あの屍体を間近でみせてくれないか。下手人《げしゅにん》の腕のほどを知りたい」

「おぬしの正体をばらさずにか」

「頼む」

石川はやや考えたが、

「ついてこい」

といって歩きはじめた。

百合郎は石川のあとについていった。

屈《かが》みこんで浪人者の屍体をみていた北の同心、東根《ひがしね》が、

「だれだ」

と問い、胡散臭《うさんくさ》そうな顔で百合郎をみた。

「このご仁《じん》が、その屍体の顔をよくみせてほしいんだそうだ」

石川がいった。

立ちあがった東根が、

「知りあいか」

といいながら脇にどいた。

東根と顔をあわせないように百合郎はうつむき、屍体の脇に屈みこんで顔を検めた。無論、知ってなどいない。

江依太は、右目に比べて左目が細い、といっていたが、水に浸かっていた屍体

ではその区別はつかない。

月代は伸ばしていた、ともいっていたが、この屍体は月代があたられていた。が、髪がかすかに伸びはじめているところになにかがこびりついていた。

百合郎はこれには見憶えがあった。月代に髱《かもじ》を張りつけるときに使う糊《のり》だ。直次郎もこれを使っている。

江依太が、

「鬢《びん》のあたりの毛と、月代の毛になにか違和感があったのですが……」

といった意味がわかった。いまの百合郎とおなじように、この浪人者は、髱を張りつけて月代が伸びているように装っていたのだ。

――とすると――。

右手の甲をみた。そこに、親指の爪大の赤い痣があった。

吉辰を斬り殺したのはこいつだ、とわかったが、石川や東根に悟られるわけにはいかない。

百合郎は無表情を装い、腹の傷に目を向けた。

腹の傷は一刀の元に斬り裂かれ、この浪人者を殺した人物の腕の冴《さ》えを誇示していた。

「屍体を検分するのに、随分と手慣れているようだな」

東根が覗きこむようにしていった。

百合郎がなにかいうまえに、

「知りあいか」

石川が百合郎に聞いた。

「いや……」

「念のため、刀をみせてもらおうか」

石川がいった。

百合郎は素直に刀をわたした。

東根に疑いを抱かせないための、石川の心遣《こころづか》いだとわかったからだ。

石川は刀を抜き、血糊を検めていたが、なにもついていないとわかると納刀し、

「検視の邪魔だから、さっさとどこかへ消えてくれ」

といって刀を返してくれた。

「邪魔をした」

百合郎は小声でいい、神田川の土手を登っていった。

土手を降りてくる検視医の三宅圭心と擦れちがったが、圭心は百合郎をみもし

なかった。

百合郎は新シ橋《あたらしばし》の欄干《らんかん》に凭《もた》れ、遠くで蠢く人集りをみていた。

三宅圭心の検視は終わらないようで、浪人者の屍体はまだ運ばれていないようだった。

百合郎の頭にはさまざまなことが浮かんでは消えた。

あの赤痣の浪人者を殺したのはだれか。

殺された浪人を雇って吉辰を殺させたのはだれか。

赤痣の浪人者を斬り殺した下手人と、浪人者を雇った人物にはつながりがあるのか、ないのか。知りあいか、そうでないのか。

そして、火に投げこまれた生木のように、頭のなかで燻《くすぶ》っている『始末屋』と関わりがあるのか。

吉辰が宗壽《そうじゅ》を殺すことはあり得るだろうか。

もしも吉辰が宗壽を殺したのなら、そのことがだれかの逆鱗《げきりん》に触れ、浪人者を雇って吉辰を殺させたのか。

赤痣の浪人者が殺されたのは、吉辰の仇討《あだう》ちだったのか。

それとも、吉辰の仲間がいて、そいつも吉辰とおなじように狙われたが、返り討ちにしたのか。そうとも考えられる。

宗壽が『始末屋』の一人だったとして、仲間内のいざこざで吉辰が宗壽を殺したとすれば、吉辰も『始末屋』の一人だったのか。

それなら、吉辰の仇を討ったのは始末屋仲間か。

始末屋の仲間割れのいざこざだったとしたら、筋はとおるのだが。

いずれにしても、赤痣の浪人を殺した凄腕《すごうで》がいることだけはまちがいない。

おれはそいつと遣《や》りあうことになるのだろうかと百合郎は考え、溜息をついた。

『始末屋』を追っていけば、いずれはそうなるにちがいない。

百合郎は鈴成座に立ち寄り、直次郎に変装の崩れを直してもらった。

二

旅籠《はたご》の『舞坂屋』に戻ると、目を疑うような人物が百合郎を待っていた。

「父上……」

父が直々《じきじき》に会いにくるのは徒《ただ》ごとではない。

もしかすると、姿を消していた江依太の父、井深三左衛門がみつかったのか。

瞬時に頭に浮かんだのはそれだった。

「戻ってきてくれてよかった。すぐ出仕するように、と奉行所から呼びだしがあったのだ。おまえと会うのが夜になったらどういいわけしようかと、思案しておったところだった」

彦兵衛は、百合郎の変装をみても驚かず、平然といった。

百合郎は先ほど、午九《ひる》つ（午後十二時）の鐘《かね》を聞いている。

「知らせにきた者はなにかいっておりましたか」

「いや。川添さまから託《ことづ》かってまいりました、とそれだけ」

「ご足労をおかけしました」

「なに」

百合郎は舞坂屋の湯殿で湯に浸かり、変装を洗い流した。手で触るとざらつくほど月代が伸びていたが仕方がない。なにが起こったのかはわからないが、妙な胸騒ぎを覚えていた。

直次郎が包んでくれた風呂敷から羽織と袷《あわせ》を引っ張りだして着替え、急ぎ出仕した。

奉行所が非番のため、閉められた大門脇で落ち着かなげに立っている筆頭同心川添孫左衛門の姿があった。

数寄屋橋御門を抜けた百合郎に目をとめた川添が、急ぎ足で近づいてきた。

このように慌てた川添の姿を、百合郎は初めてみた。

百合郎の胸騒ぎが一気に高まった。なにか大変なことが起こっている。

「いかがなされましたか」

百合郎も勢いこんで聞いた。

「由良が探索先で急にたおれ、血を吐いたらしい。作造が知らせてきて、柴田玄庵医師《せんせい》のところに運びこんだというておった」

百合郎の月代が伸びていることになど気づかないようだった。

「由良さまが……吐血……」

「玄庵医師の診療所へいって、ようすをみてきてはくれぬか」

ようすをみてくるだけなら、ほかにも同心はいるし、信頼のおける中年の足軽もいるはずだ。川添本人がいってもいいではないか。

「自宅謹慎中のわたしが……でございますか」

そのつもりはなかったが、川添には百合郎の言葉が皮肉に聞こえたようで、

「それはもうよい」

といって、左目の上を掻き、

「由良が、おぬしを呼んでくれといってると、作造がな……」

といった。

「宗壽殺しはどうなっているのですか」

「あれは藤尾周之助《ふじおしゅうのすけ》に任せてある。いまのところなんの進展もないが、あいつもよくやっておる」

藤尾周之助は三十八歳。高積《たかつみ》見廻り、門前廻り、下馬《げば》廻りを経て定町廻りになった男で、異動からまだ二年ほどしかたっていない。どこかおっとりしていて町人には好かれているが、直観で動く一直線莫迦《ばか》の百合郎には、藤尾はどこか頼りない。

百合郎はこのまま自宅謹慎がつづき、内密に宗壽殺しの探索をつづけたかった。だが筆頭同心に頼まれたとあれば、玄庵の診療所へいって由良のようすをみてくるしかない。

由良が呼んでいる、というのも気になった。

「では、いまから会ってきます」

「頼む」

数寄屋橋をわたっていると、二人の岡っ引きを連れて向こうからやってくる藤尾周之助に出会った。まだ退所時刻には間がある。

藤尾は目の垂れさがった丸顔の、色白の顔で百合郎に笑いかけた。その顔がなぜか、雨露《あめつゆ》に曝《さら》された地蔵を思わせた。

「なにか手掛かりでもみつかりましたか」

数寄屋橋の途中で立ちどまった百合郎が尋ねた。

宗壽の家の近くで吉辰が殺された一件は、北の扱いになっているはずだが、藤尾の耳にも届いていて、宗壽殺しと結びつけているかもしれない。それなら話を聞いておきたい、と百合郎は考えたのである。

「なにも……まったくなのだ。おぬしが四国屋の番頭から聞いて書き取った、宗壽を怨んでいそうな連中に片っ端からあたっているのだが、怪しい者は一人もおらんのだよ」

話のようすでは、宗壽の隠居所の近くで読売屋の主人が殺されたことなど、耳には入っていないようだ。

「ところで自宅謹慎がとけたのなら、手伝ってくれ」

「川添さまにべつの一件を命じられましたので、それはできかねます」

と百合郎はいい、さっさと橋をわたっていった。

玄庵の診療所は木挽町《こびきちょう》にある。南町奉行所からは東へ四町（約四百四十メートル）ほどで、目と鼻の先、といってもいい。

岡っ引きになったばかりの作造が玄庵の診療所の待合室にぽつんと座っていて、入ってきた百合郎をみると腰を浮かして頭をさげた。

「由良さまの具合はどうなんだ」

「ご自分でお会いになればいいでしょう」

作造が拗《す》ねたようにいった。吐血した由良の容体が心配でそれが態度に出ているのかもしれない、と思ったが、どうも百合郎に対してなにか含むものがあるような気もした。

診察室を覗くと顔見知りの医生がいて、玄庵は病室にいる、と教えてくれた。

ここには以前二度ほどきているので、病室の場所はわかっていた。

廊下をいって病室を覗くと、真っ先に、由良昌之助の顔が目に飛びこんできた。顔は黒く黄ばんでいて、死んでいるのではないか、と思った。白い布に包まれた布団をかけられているのも、その思いを強くした。

脇に座った柴田玄庵が、絞った手拭《てぬぐ》いを由良の頭にのせている。

百合郎に気づいた玄庵が立ちあがり、百合郎を促して病室の外に連れだした。

廊下の突きあたりはひらき戸だった。それをあけると大きな石の沓脱《くつぬ》ぎがあり、三足の下駄《げた》がおいてあった。

玄庵と百合郎はそれを突っかけ、庭に降り立った。

それほど広い庭ではないが、手入れがいき届いていて、隅に作られた畑には野菜のようなものが植えられてあった。薬草だろうか。

風が冷たく、どこかで鳴いている鵯《ひよどり》の声が聞こえていた。

「由良どのが、先々月、娘に婿《むこ》を取ったことは知っておったか」

「いえ、おのれのことはあまり喋《しゃべ》らないひとですから」

「死を覚悟し、家の跡取りを、と考えたのだろうな……内臓がすっかりやられておってな……」

「悪いのですか」

「もう長くはないだろう」

　このところの由良の豹変《ひょうへん》振りが、百合郎にはなんとなく理解できたような気がした。ああいう、親切そうな態度を取っていても、それは表面だけで、いつか手痛いしっぺ返しを喰らうのではないか、と危惧《きぐ》していた。だがどうやらそれは取り越し苦労で、おのれの死と正面から向きあった由良の心に、なんらかの変化が生じた、と考えれば肚《はら》に落ちる。

「雁木を宗壽殺しからはずすと、この一件は解決しない」

　と、どす黒い顔で川添に食ってかかった由良を百合郎は思いだし、目頭《めがしら》が熱くなった。江依太にみられれば、鬼の目に泪《なみだ》、とからかわれそうだが、寝ている由良と、川添に食ってかかった由良が重なり、泪を抑えきれなかった。

　玄庵に背中をみせた。

「おぬしがきたら、眠っていても起こしてくれ、と頼まれておったのだ」

　と玄庵はいい、さっさと廊下へあがっていった。気を使ってくれたのはあきらかだった。

「うおお……っ」

　と百合郎はひと声叫び、泪を拭ってから病室へ戻っていった。

枕頭《ちんとう》に座った百合郎は乾いた手拭いを水に浸して絞り、由良の頭にそっと戻した。いきなり由良がぱちっと目をあけ、濁《にご》った目だけを動かして百合郎をみた。だれだかわからなかったようで、しばらくみていたが、

「酷《ひど》いだろう」

と、かすれた声でいった。百合郎だと気づいたようだ。

「病だとわかったとき川添さまに話し、休むことはできなかったのですか」

「いろいろ意地悪……というより、過酷な虐《いじ》めだったが、それを謝りたくて、ここまできてもらったのだ」

と由良昌之助はいって、ゆっくりと百合郎に顔を向け、

「許してくれとはいわぬが、すまなかった……」

といって目を瞑《つむ》った。

「それはお互いさまでしょう。わたしは由良さまが大嫌いで、反抗しましたし、いつか殺してやろうとさえ思っていましたから」

百合郎ははっきりいった。きれいごとですませたくなかった。

由良は目をあけてわずかに声をあげ、笑った。

「ありがとう」

百合郎はまた目頭が熱くなり、脇を向いた。指先で目を拭った。

「ああ、それから、作造からなにか話があるらしい。それも聞いてやってくれ」

といい、由良はふたたび目を瞑った。

百合郎は、黙って病室を出た。かける言葉がみつからなかった。

三

作造は、まだ待合室にじっと座っていた。なにかに苛立《いらだ》っているようで、しきりに奥歯を咬《か》んでいる。だが本人はそのことに気づいていないようであった。

「おれに話というのはなんだ」

「旦那はどうですか」

「会ってないのか」

「運びこんでしばらくしたら眠られたので、それっきり」

「みるのが怖いのか」

作造は、不安そうな顔で百合郎をちらっとみあげたが、なにもいわなかった。

「玄庵医師の見解も聞いてねえのか」

「旦那は助かるんですよね」

「もう長くねえそうだ。そばについていてやれ」

といったとき、由良のお内儀はどうしたのだろう、とふと考えた。

作造はうつむいた。

「由良さまの奥方はどうしたのだ」

「遅くなっても屋敷に戻るから、知らせなくてもいいと……しかし……」

作造が首を振った。

「どうしたらいいんでしょうかねえ」

長い命ではない、と聞かされて、由良のいうとおりにしたほうがいいのか、お内儀に知らせたほうがいいのか、迷いが生じているようだ。

「由良さまのようすをみて、もう一度、屋敷に知らせるべきかどうか、お尋ねしてみろ」

力のない目で百合郎をみた作造が、うなずいた。

「おれに話があるんだって……」

作造は一瞬うつむいたが、素早く土間に土下座した。

「あいすみません、宗壽殺しの下手人は雁木の旦那じゃねえか、という噂《うわさ》を流したのは、あっしです。隠居所での雁木の旦那と江依太の話を盗み聞いて、六年まえの話も、噂で聞いていたので、話をでっちあげました」

地面にこすりつけるように頭をさげた。

由良に、作造が話があるそうだ、といわれたときから百合郎は、噂のことだろうと薄々わかっていた。そのせいか、作造の告白を聞いても、怒りが湧きあがることはなかった。

「なぜだ」

静かにいった。

「あっしにもよくわかりません。ですが、由良の旦那が、雁木さまをやけに持ちあげるようになりましたので、強い妬《ねた》み心があったのだと思います」

「江依太を嫌っているのはなぜだ」

「おれは餓鬼《がき》のころから頭のいい奴は大嫌いでした。あいつは、おれなど足元にも及ばねえ悧っ引きになりますよ」

といって作造は顔をあげ、

「あいつにはいわないでくださいよ」

といった。

「ああ、いわねえよ」

半年ようすをみて手札をやるかどうか決める、と江依太にはいったのだが、そのときからすでに七か月もたっている。江依太は、十手《じって》を持つのに充分な働きをしている。それでも百合郎がぐずぐずしているのは、江依太を岡っ引きにしたくなかったからだ。

江依太の父の三左衛門が戻ってくれば、江依太は十手を返納することになるだろう。それなら、岡っ引き見習いのまま、百合郎を手伝っているだけのほうが後腐れがないし、裏者たちとの妙な因縁《いんねん》も生じないだろうとの思いが百合郎にはあった。おめえはいい岡っ引きになる、と作造がいっていたなどとはいえない。

「もういい、立て」

「許していただけるのですか」

作造は立たなかった。

「おめえ、いい岡っ引きになりてえのか」

「無論です。三太兄いとの約束ですから」

作造の岡っ引き見習い仲間の三太は、江依太を庇《かば》って死んでいる。

「おめえが一人前の岡っ引きだとおれが認めた、そのとき許してやる。それまでは許さねえからな。尻《けつ》を捲《まく》って逃げだしでもしたら、そんときは、どこまでも追いかけて叩っ斬る」

作造は、よくわからない、というような顔をしていたが、それでも、

「はい……」

といった。

「妬みはやがて憎しみに変わるというからな。気に染まねえことをすぐ妬んだり、怨んだりするようでは、いい岡っ引きにはなれねえ、とおれはそう……」

そこまでいって百合郎は、ひとに説教するような柄じゃねえな、と思い直した。

「いまのことは忘れてくれ」

「はい……」

作造はまた深々と頭をさげた。

柴田玄庵の診療所を辞したあと奉行所に戻り、由良のようすと玄庵の見解とを川添孫左衛門に報告した。

川添は、

「なぜそんなになるまで放っておいたのだ……」

といって、黙りこんだ。


奉行所を退所すると、あたりはすでに暮れかかっていた。

恵比寿屋は、根岸の両然寺で力弥の通夜を執り行っているはずで、吉治郎もそこについているだろうから、恵比寿屋にいっても吉治郎の話は聞けない。

かといって、いまから根岸まで足を伸ばすのは遅すぎる。ここから根岸までは二里（約八キロメートル）ほどある。

恵比寿屋をどうにかする計略を『始末屋』が立てているとしても、通夜の客がいるなかで手出しはできまい、と百合郎は判断した。


江依太はまだ戻っていなかった。

父は元より、母も、

「あら、帰ってきたの」

というような顔で夕餉《ゆうげ》を拵《こしら》えてくれた。

夕飯を食い終えたころ、江依太の、ただいま戻りました、という声が聞こえた。

百合郎が戻っていることを母から聞いたようで、百合郎の寝間のまえまで足音がやってきた。

「入ってもよろしいですか」

百合郎は障子をあけ、

「汗を流して飯を食え。話は逃げねえだろう」

といった。

江依太は顔をあげて百合郎に目をやり、

「あれ、変装は……」

といった。

「その話もあとだ」

「はい、では」

小半刻（約三十分）ほど待って、百合郎は居間にいった。

父はすでに寝間に引き取ったようで、居間には姿がなかった。

待つこともなく、茶碗をふたつ盆に載せた江依太がやってきた。浴衣《ゆかた》を着て綿入れの羽織を引っ掛けている。

「どうだった。吉辰と宗壽の関わりがなにかつかめたか」

「きょうのところはなにも。吉辰が殺されたことを北町奉行所の役人から知らされたばかりで、奉公人たちも動揺しておりまして、なにかを尋ねられるような状況ではありませんでした。屍体もまだ戻ってきてはいませんでしたし」

「それにしては、帰りが遅かったじゃねえか」

「ひとの死は、案外早く知れわたるものだと、岡っ引きの真似ごとをやるようになって知りました。それで、弔問《ちょうもん》の客がくるのではないか、それならどんな客がくるのか、あとで話が聞けるよう、だれかに名を聞いておこうかと……」

「なるほど、いいところに目をつけたな。で、客はきたのか」

「はい、大店《おおだな》の主人が四人ほど。刷師《すりし》見習いの若いのに名は聞いてあります。それに、吉辰の奉公人ではありませんが、読売の書役を一人みつけました。これも刷師見習いに聞いたところ、書いたものを売りこみにきている、権丈《けんじょう》という名だと教えてくれました」

公儀に仕え、公文書の作成などの任にあたった者を右筆《ゆうひつ》というが、読売の書役は、おのれを「左筆《さひつ》」と洒落《しゃれ》る者もいた。

「権丈に話は聞かなかったのか」

「ちょっと考えました。ですが、宗壽と吉辰の関わりを探っている奴がいるとなると、わたしの素性《すじよう》はすぐ探りだされるでしょうし、これからの探索に差し支えるかと考え、きょうのところは見送りました。そういうことも話しておこうと、舞坂屋へ寄ったのですが……」

「うむ……実はな……」

由良が吐血し、柴田玄庵が、先は長くないといっていたことや、自宅謹慎が解かれたことなどを話した。

作造に関することはすべて伏せた。

金に執着《しゆうちやく》する白子屋紀左衛門の態度が、おのれの命を救った、といってもいいだろう。

その夜、柳橋の料理屋で、薬種問屋仲間の寄り合いが催《もよお》された。

いつものように話は半刻（約一時間）ほどで終わり、あとは芸者を揚げての呑み会になった。

宴会が終わったのは、もうすぐ木戸が閉まろうかという、夜四つ刻（午後十時）に近かった。

料理屋の番頭に駕籠《かご》を誂《あつら》えてもらい、それに乗って自宅に向かった。

白子屋は日本橋本町三丁目にあった。柳橋からはほぼ十町（約千百メートル）ほどということもあり、供の者は先に帰らせていた。

駕籠は、蝸牛《かたつむり》の歩みのような鈍《のろ》さだった。その意味するところは、紀左衛門も充分わきまえていた。酔って気が大きくなった客に、急ぐなら酒手をはずめ、と暗黙のうちに迫っているのだ。

「客人、もう少し酒手をはずんでもらえれば、速く走りますがね……木戸も閉まるころあいですし……」

後棒《あとぼう》がいった。

本石町三丁目の、夜四つ刻の鐘の音が聞こえはじめていたが、この通りには木戸はない。

白子屋紀左衛門は、金に関する駆け引きを持ちだされると怒りが湧きあがってくる性質《たち》だった。金の多寡《たか》云々《うんぬん》より、相手に甘くみられた、小物にみられた、と考えるのだ。が、そのことに関しては、紀左衛門の母がいつも、

「あの子は、いまにも廃業しそうな小さな薬種問屋を、一代で立て直し、ここまでの身代にしたのだから、大いなる誇りがある。それを傷つけるようなことをいったりしたりしたら、店から追いだされかねないからね。みんなも気をつけな

よ」

といっていた。母は、息子の気性をよく知っていた。

「とめろ」

駕籠のなかから、紀左衛門が怒鳴った。

駕籠舁《かご か》きは、紀左衛門の大声に驚いたようで、すぐに足をとめ、駕籠を地面におろした。

「どうかなさいやしたか」

垂れをあげた先棒《さきぼう》が、恐るおそる尋ねた。

紀左衛門は駕籠から足をだして草履《ぞうり》をはき、立ちあがった。

「ここまででいい。半分しかきておらぬから、駄賃も半分しか払わぬ」

と怒鳴り、手にしていた賃金を駕籠舁きに投げつけた。

「旦那……」

駕籠舁きがなにかいおうとしたが紀左衛門は取りあわず、さっさと歩きはじめた。

駕籠舁きの二人は、

「てめえが妙なことを考えるから、客人を怒らせちまったじゃねえか」

「てめえだって反対はしなかっただろう」

ぶつくさ文句をいいながらも、地面に落ちた銭を探している。

手探りでしばらく探していたが、薄暗がりでみつからなかった。落ちているのはあと二、三文だろうから、

「諦《あきら》めようか……」

と話していたとき、先ほどの客人が引き返してきた。

「旦那、どこかへお出かけなら、駕籠を」

客人は背後に目をやり、すぐ駕籠舁きに目を戻した。

「先ほどは、おれたちが悪うござんした。もうあんなことは金輪際《こんりんざい》やりませんから、どうぞ、ひとつ……」

客人はまた背後を気にするように振り向き、そのまま、

「神田岸町までいってくれ、一分払う」

といった。

一分といえば、二人の三日分の稼ぎに相当する。ここから岸町なら、北への一本道で、しかも六町（約六百五十メートル）足らずの道程《みちのり》だし、願ってもない話

だった。

後棒は駕籠の垂れをあげ、

「どうぞ」

といって、客人を乗せた。

「急いでくれ」

といった客人の声が微《かす》かに震えているようであった。


そのころ『馬骨』にきた鎌倉河岸の二人の人夫が、

「あれ、きょうも馬骨は休みか」

といって二階をみあげた。呑馬の住まいの二階にも灯がなく、真っ暗だった。

「ここんとこずっと休んでるな。呑馬の奴、体の具合でも悪くしたんじゃねえか」

「呑みすぎだな」

二人は顔をみあわせ、

「他人《ひと》のことはいえねえか」

といって笑い、べつの居酒屋へ向かった。

第十章　決闘宗壽の隠居所

一

次の日の朝。

「百合郎、おまえに話があるそうだ。安食の辰五郎に命じられてきたとかいうておった」

父にいわれて玄関に出ていくと、胡散臭《うさんくさ》そうな男が立っていた。

歳は二十二、三だろうが目つきが尋常《じんじょう》ではなく、子どものころから裏者として生きてきたのをうかがわせる。

体は爪楊枝《つまようじ》のように細く、刈り残した藪草《やぶくさ》のような月代《さかやき》を頭の天辺《てっぺん》で束ねている。顔色は蠟燭《ろうそく》のようだ。

長年定町廻り同心を勤めてきた父さえも、玄関でその男をみたときは、腰の大刀を探した、とのちに話したほどだった。

「おれが雁木百合郎だ」

男は百合郎の顔にじっと目を注ぎ、

「親分から、話があるから浪人者としてきてくれ、と託《ことづ》かってきた」

といった。

「わかった」

「おれにはちっともわからねえが、あんたにはわかったのか」

といったあと百合郎の顔を覗《のぞ》きこみ、目玉をぐるっと廻した。口を尖《とが》らせ、

「じゃあ、たしかに伝えたぜ」

敷居を跨《また》いだうしろ姿でいい、声をかける間もなく姿を消した。

「すまねえが、奉行所へいって川添さまに、雁木は感冒《かんぼう》で熱をだし、寝込んでしまった。と伝えてくれ」

と江依太に頼み、なにかいい足そうとしたが、頭を振って黙った。

「鬼の霍乱《かくらん》などとはいいませんよ」

江依太が笑った。

百合郎が苦笑いを浮かべた。

「そのあとは、吉辰と宗壽《そうじゅ》の関わりを引きつづき探ってくれ」

といいおき、百合郎は鈴成座へ向かった。

吉治郎は恵比寿屋に張りついているため、屋敷に顔をみせることはないだろう。

直次郎や役者たちはまだ寝ている時刻だったが、鈴成座の外の掃除をしていた顔見知りの座員に一朱を握らせ、直次郎を起こしてもらった。

「一度落としたのに、またやれというのか。しかも生方市十郎を……おれを叩き起こしてまで……」

言葉だけ聞くと不満そうだが、直次郎の顔は笑っている。

「考えることもないから、半刻足らずでできるぜ」

言葉どおり、半刻もかからずに生方市十郎を作りあげてくれた。

それでも安食の辰五郎の住まいに着いたのは昼四つ刻（午前十時）に近かった。

玄関で案内《あない》を乞うと、顔をだしたのは、朝、辰五郎の使いにきた目つきの鋭いあの男だった。

変装した百合郎をみると一瞬腰が引け、懐《ふところ》にのんでいる九寸五分《あいくち》に手が伸びた。百合郎は男の目をじっと見詰め返し、微動もせずに立っていた。

男の右手が動いた。

「やめろ、おれの客人だ」

廊下の暗がりから声がかかり、辰五郎がやってきた。

「待ってたぜ。あがってくれ」

といったあと、しげしげと顔をみて、

「こんど直次郎を紹介してくれ。だれかを殺しにいくとき、おれもやってもらいてえ」

と、本気とも冗談ともつかないようなことをいった。

廊下をいくと、突きあたりは小さな裏庭で、青苔《あおごけ》の生えた石椨《いしがこ》いの池があった。白に赤い模様の鯉《こい》が二匹泳いでいた。

池の向こうは頑丈そうな板塀だったが、太く尖《とが》った釘《くぎ》が縁にびっしり打ってあった。塀を乗り越えての侵入者を防ぐためだろう。

辰五郎が立ちどまり、尋《たず》ねた。

「名はなんというのだ」

「生方市十郎」

「実はな、昨夜のことだが、薬種問屋白子屋の主人紀左衛門が、命を狙われている、匿《かくま》ってくれ、といってきたのだ。しかし、だれに、なぜ命を狙われているのか、尋ねても、なにも話そうとはしねえ。白子屋は賭場の客で、かなり稼がせてもらったので無下《むげ》に放りだすわけにもいかず、片がつくまで用心棒をつけてやる、と約束したのだ」

「なるほど話がみえてきた。その用心棒がおれというわけか」

「命を狙われるとなると、あんたも放ってはおけまいと考えたのだが、町方役人が用心棒では、ますます貝になっちまうだろうし」

「だれに、なぜ命を狙われているかを聞きだし、それをとめさせたいのか」

辰五郎がうなずき、ふたたび歩きはじめた。

百合郎は、辰五郎の住まいにはじめて足を踏み入れたが、廊下が狭くて天井が低く、壁なども頑丈に造られているようであった。

「お邪魔しますよ」

濡れ縁をいった左側の部屋に向かって辰五郎が声をかけ、襖《ふすま》をあけた。

部屋のなかは薄暗く、だれもいない。と思ったが、目が馴《な》れると、暗い隅に身を隠すように座っているひとの影がみえた。

「白子屋さん、わたしの信頼するご浪人さまをお呼びしましたよ。すこぶる腕の立つお方なので、もう安心です。こちらへきてください」

丁寧な口調で辰五郎がいった。

影はじっと動かなかった。

辰五郎に促されて百合郎が部屋に入り、襖を閉めて座ると、部屋は真っ暗になった。

蠅《はえ》の羽音が近づき、遠ざかった。

影の動く気配がした。

「これでは顔もみえませんから、灯《あか》りをともしてもようございますか」

辰五郎がいった。

「あまり明るくないなら」

声だけが聞こえた。

「だれかいるか」

張りあげた辰五郎の声が、暗闇に響いた。

「へ……」

廊下で声がした。辰五郎と百合郎が部屋に入ったあと、すぐ配下の若者が廊下に控えたようで、百合郎もその気配には気づいていた。

「細い灯心《とうしん》に火をつけて持ってきてくれ」

待つこともなく、灯りをお持ちしました、という声が聞こえて襖があいた。その刹那《せつな》、橙色《だいだいいろ》の灯りと、陽の光が差しこんだ。

灯りを運んできた若者が、部屋の隅にあった行燈《あんどん》をなかほどに運び、古い灯芯と入れ替えるようにして灯りを入れた。

だれにともなく若者は頭をさげ、部屋を出ていった。

襖が閉まると、行燈の、頼りなげな灯りだけが部屋を仄《ほの》かに照らした。

「こちらは生方市十郎さまです。人柄、口の堅さ、腕は、おれが保証します。安心なさってくだせえ。そちらは、白子屋紀左衛門さんとおっしゃって、薬種問屋をなさっておいでです」

白子屋は、丸顔で二重顎《にじゅうあご》の男だった。目は垂れているが黒目が小さく、鋭い光を放っていた。鼻も口も小さいが、唇は異様に厚かった。

信用していないような目で、百合郎をぎろりとみた。

「生方さまが傍《かたわ》らに控えていてくださるかぎり、ご心配には及びませんよ。ここにいるなり、お店《たな》に戻って仕事をなさるなり、やりたいようになさればよろしいかと」

と辰五郎はいい、部屋を出ていった。

百合郎は立って部屋の隅にいった。座って壁に背をあずけ、刀を担いで目を瞑《つむ》った。

「わたしの命を狙っているのは、道場の師範代を任されていた旗本の三男坊を斬《き》った男だ。そいつからわたしの身を守る自信はあるのか」

ややうつむいた顔を百合郎に向けた白子屋がいった。

百合郎の頭で、なにかがぱちっと音を立てて弾けたが、そのことには触れず、立ちあがって刀を佩《は》いた。

と白子屋がみたとき刀は一閃《いっせん》し、瞬《まばた》きもしないうちに鞘《さや》に納まっていた。

百合郎は、白子屋のまえに立ったままだった。

単なる虚《こけ》仮威《おど》しとみたようで、白子屋は、莫迦《ばか》にしたような顔を百合郎に向けた。そのとき、頭になにか落ちてきてくっついた。

手でつかみ、灯りにかざすと、真ふたつに斬り割られた蝿の死骸だとわかった。

白子屋は思わず、ひっ、という声を洩らした。

「つい先日、酔って喧嘩《けんか》になり、武士を斬り殺してしまった。名はわからぬ。右手の甲に親指の爪ほどの赤い痣《あざ》があった。これでもわかるように、おれは人を殺すのを厭《いと》わぬ。これで安心か」

百合郎は頭で弾けたことの辻褄《つじつま》をあわせながらいい、白子屋紀左衛門の表情を盗みみていた。

一瞬にして表情が引きつった白子屋は尻で後退《あとずさ》り、

「おまえさんが……佐橋さまを斬り殺したのは、あいつじゃないのか」

と、呟《つぶや》くようにいった。

「いま、佐橋といったか……おれが斬り殺した男と知りあいか」

「い、いえ。知りあいなどとは、とんでもない……」

「だろうな。ただ、読売屋を斬り殺したなどとほざいておったので、てめえに人が殺せるとも思えねえ、とからかったら、あいつ、激怒してな。それで、柳原《やなぎわら》の土手で斬りあいになったのだ。まあ、互いに酔っていたのも不運だった」

仄かな行燈の灯りでも、白子屋の顔色が蒼白《そうはく》になっているのがみてとれた。

「しかし……ひとというのは、一刀の元には死なぬものだな。口をぱくぱくしながら、しばらく生きておった」

　真相がわかっているわけではなかったが、百合郎は白子屋の表情や顔色をみながら、思い浮かんだことをならべ立てた。

「ご、ご浪人さま……いいえ、生方市十郎さま、あなたさまは、わたしのことをご存じなのですか」

「ん……どうしてそう思うのだ。やっぱり、おれが斬り殺した男と関わりがあるのか」

「いえ……そうでは……」

「そういえば、いまわの際の言葉が聞き取れたのだが……たしか……」

　白子屋が、不安そうな表情で百合郎をみた。

「ええと……たしか……いや、待てよ……」

「生方さま……」

「そうだ、思いだした。たしかこういったのだ。始末屋がくる……とな」

　白子屋の口が大きくひらいた。その刹那、なにごとか、白子屋は言葉にならない叫びを発し、床柱にしがみついた。

「さきほど、斬り殺したのはあいつじゃないのか、ともいったな。ひょっとすると、あいつというのは始末屋のことか」

白子屋は答えなかった。

「まだ支度中でございますが」

暖簾《のれん》の出ていない『麦屋』の格子戸をあけた者がいた。

入口に足を踏み入れた浪人は、裏者とはべつの、危険なにおいを発散させている。裏者には慣れている辰五郎の母、お節《せつ》も、不安を覚えた。

「飯を食いにきたのではねえのだ。安食の辰五郎の母親に用があってな」

坊主頭の浪人が大刀を抜き、切尖《きっさき》をお節に突きつけた。


「なにごとだ」

白子屋の叫び声を聞きつけたのか、安食の辰五郎が飛んできた。

引きあけられた襖からさっと光が差しこんだ。白子屋はその光の届かないところでおのれの体を抱き、震えている。

「おれにもわからねえのだ。斬り殺した男の話をしてたら、急に叫び声をあげて……ああなった」

「白子屋さん、どうなさいやした。ここにいるかぎり、なにも怖がることはありやせんぜ」

辰五郎が白子屋に近づき、肩に手をかけながらいった。

「その男は始末屋の仲間だ。それでわたしを殺しにきた」

辰五郎が百合郎に顔を向けた。顔を戻した辰五郎が、

「白子屋さん、始末屋になにをなさった。なぜ始末屋がおめえさんを殺しにくるとお思いなので」

さすがに辰五郎は機転が早い。白子屋が、あいつは始末屋の仲間だ、といったそのひとことで、白子屋と始末屋の関わりを察し、真相を聞きだそうとしている。

後押しのつもりで、百合郎が一歩白子屋に近づいた。

白子屋はひっといって百合郎から顔を背け、右手で顔を隠すようにした。

「心配ねえ。おれがいるかぎり、おめえさんには指一本触れさせねえ。安心なさい」

辰五郎は体で白子屋を庇《かば》った。

「わたしが……わたしが佐橋万三郎さまに頼んで、始末屋の二人を殺させようとしたのが、露見したのだ。佐橋万三郎を殺したのは、あいつ……生方市十郎だ」

「おめえら……」

辰五郎が叫ぶと、五、六人の配下がどかどかと部屋に入ってきた。

「その男を外に連れだせ。だがあとで尋ねてえことがある。手荒な真似をするんじゃねえぞ。手荒なまねをすれば、おめえらが死ぬことになる」

百合郎は抵抗したが、辰五郎の配下に腕や体をつかまれ、部屋から無理矢理連れだされた。

「さあ、もう安心ですぜ。あいつには手出しをさせませんから」

辰五郎の体の脇から、閉じられた襖の向こうを白子屋がみた。目は大きく見開かれ、血走っていた。

「で、始末屋の二人とはだれなんです」

「助けてくれるのだな」

辰五郎は白子屋の目をみて力強くうなずいた。

白子屋はやや躊躇《ためら》っていたようだが、やがて、

「始末屋の二人とは、読売屋の吉辰と、馬骨の主人、呑馬だ。それに四国屋の隠居宗壽が、取り次ぎのようなことをやっていた」

と、力のない声でいった。

「呑馬……あいつが始末屋だったのか……」

辰五郎が呟いたが、白子屋には聞こえていないようだった。

「なぜ呑馬に狙われているとわかったのだ」

「昨夜、仲間内の集まりから店に戻ったら、呑馬が店の脇に隠れるようにしていたのだ。あれはわたしを狙っているにちがいない、と怖くなり、親分のところに逃げこんだ。そういうわけだ」

白子屋の昨夜の取り乱しようはそれだったのか。

「おい」

辰五郎は配下の者を呼び、

「このお方を護《まも》ってろ。どこにもやるんじゃねえぞ」

この部屋から出さないように見張っていろ、という意味だと、配下は理解した。

二

百合郎は茶の間に座らされ、四人の屈強な男に取り柊《かこ》まれていた。

「もういい、茶を運んでこい」

辰五郎は配下を追いだし、百合郎のまえに座った。

「読売屋の吉辰という男を知ってるか」

「知ってる。ある隠居所の門前で斬り殺されたのだが、それを江依太がみていた。下手人《げしゅにん》は浪人で、右の手の甲に赤い痣があったそうだ。その浪人はだれかに、みごとに腹を断ち割られて神田川に浮いていた」

「呑馬という名には」

「聞き覚えがない。どんな奴だ」

「ひょろっとして背が高く、坊主頭で顔が長い。うちの手塚先生に、『あいつとはまともに遣《や》りたくはないな』といわせるほどの奴だ」

「その男のことなら、話だけだが、耳に入っている」

と百合郎はいい、宗壽という四国屋の隠居の一件と坊主頭の男が客としてきていたのを賄《まかな》いの女房がみていた話をした。

「始末屋は吉辰と呑馬。その取り次ぎをしていたのが宗壽という隠居だったそうだ」

「やはり……そういうことだったか。これですべてがつながったな」

「神田川に浮いていたのは白子屋に雇われた奴で、呑馬を殺《や》ろうとして返り討ちにあったようだな」

　辰五郎がいった。

「まちがいないな。呑馬が浪人からことの顚末《てんまつ》を聞きだし、吉辰の仇討《あだう》ちとして白子屋を狙っているか、始末を依頼した者たちを皆殺しにしようとしているにちがいない。となると、恵比寿屋も危ない」

「恵比寿屋たあ、だれだ」

　百合郎は、恵比寿屋の息子の話と、吉治郎が見張っていることを話した。

「下手《へた》を打つと、吉治郎も殺されるぞ」

　辰五郎が立ちあがったとき、

「親分……」

　あの目つきの鋭い若い衆《し》が茶の間に入ってきた。

「親分に、といって、餓鬼《がき》がこんなものを」

　若い衆が折り畳んだ文《ふみ》のようなものを差しだした。

　受け取って読んだ辰五郎の顔色が、さっと変わった。辰五郎は呆然《ぼうぜん》と立ち尽くしたまま、文を百合郎に手わたした。

　文には、

『母親をあずかった。白子屋と交換する。夜四つ、宗壽の隠居所へ連れてこい』

としたためられてあった。

おまえと白子屋、二人だけでこい、とは書いてなかった。辰五郎には手塚四十郎という用心棒がついていることは呑馬も承知している。それなのに、そのことにはいっさい触れていないのは、手塚などものの数ではない、と侮《あなど》っているからにちがいない。

「昨夜、白子屋がここに逃げこむところを、呑馬にみられていたようだな」

百合郎がいった。

「いかに腕が立つとはいえ、屋敷に斬りこめば、白子屋を殺すまえに殺されかねないと察したのだろうな。ここを見張っていれば、二十人からの、屈強な配下がいることがわかったはずだから」

「若い奴らを大勢連れていくと、姿を現さねえかもしれねえし、可愛いがっている配下を殺されるのは……たとえ一人でも、許すわけにはいかねえが……」

「呑馬は、吉辰の仇討ちさえできれば、あとはどうでもいい、と考えてるのかもしれねえな」

呑馬と吉辰のあいだは、なにか、太い絆《きずな》で繫《つな》がっていたのかもしれない。

「相手は呑馬だが、と話して手塚先生に頼むと、途中で逃げられそうだ」

辰五郎の目に、ちらっと不安そうな影がよぎった。

「おれがいっしょにいく」

辰五郎が百合郎に顔を向けた。

「あんたがいっしょにいってくれると、百人力だ」

辰五郎がいって、うなずいた。

「鬼に金棒といってもいいんだぞ」

辰五郎は笑わなかった。

いざとなったら、死を賭《と》しても母親を助ける、という覚悟が顔に現れていた。


暮六つ（日没時）すぎ。

縛りあげた白子屋を放りこみ、両脇を百合郎と辰五郎が固めた駕籠《かご》が、宗壽の隠居所に向かっていた。

手にした提灯《ちょうちん》の灯りに仄かに照らされた辰五郎の顔は、苦悩に歪んでいた。ひとことも喋《しゃべ》らない。

腰に佩いた大刀が、妙な揺れかたをしているのは、刀を腰にしたことがあまりないからだろう。元締めとか親分とか呼ばれるようになると、すべては用心棒か配下任せになる。

　白子屋はなにか喚《わめ》いていたが、猿轡《さるぐつわ》を咬《か》ませてあるので、なにをいっているのかわからなかった。だがおおよその察しはつく。逃がしてくれたら、千両でも二千両でもやる、といっているにちがいない。


　辰五郎の住まいから宗壽の隠居所のある浅草橋場町まではおおよそ一里半（約六千メートル）で、夜四つ刻（午後十時）までにはまだ間がある時刻に着いた。

　辰五郎が、手にしていた提灯からそれぞれの部屋の行燈に火を移した。

　荒らされていた隠居所は、隅からすみまできれいに片づけられ、血が染みついていた畳はすでに取り替えられてあった。

「いざというときのために、どこかに身を隠しておくか」

　百合郎が、辰五郎に尋ねた。

　駕籠は帰し、白子屋は両手両足を縛り、猿轡のままで居間に転がしてある。

「いや、おれが知っている呑馬には、姑息《こそく》な手段はつうじねえ。相手の動きを待とう」

辰五郎は焦《あせ》り、気もそぞろ、だと百合郎は思っていたが、気持ちと性根は別々のところにあるようで、状況をしっかり見据えている。

「わかった」

居間の壁に背を凭《もた》せた百合郎は膝のまえで刀を立て、鍔《つば》の根元の鞘を両手で握っていた。

辰五郎は薄目をあけて立ち、廊下に顔を向けている。

百合郎も廊下に顔を向けていたが、じっとしているのは性にあわず、立ちあがって白子屋をみた。

白子屋が百合郎に目を向け、睨《にら》んだ。目が、憎悪に燃えている。

こうなったのは、すべておまえのせいだ、と思っているのだろう。

簞笥《たんす》の抽斗《ひきだし》をあけてみたが、なかはどれも片づけられ、なにも残っていなかった。

大きな神棚が設《しつら》えられてあって、榊《さかき》が枯れている。

となりの客間をみた。八畳で、床の間はついていたが、掛け軸も花器もなにもなかった。

この部屋の行燈にも灯が入れてあるのは、呑馬とどういう遣《や》り取りになるかわからない、と踏んだ辰五郎が気を利かせたのだろう。

客間には長火鉢がおいてあった。五徳《ごとく》はのっていたが、無論、火は熾《おこ》っていない。百合郎は気になり、灰のなかに指を突っこんでみた、温かみなどはなかった。昨日きょう、だれかがきたということはないようだ。

客間の奥が、宗壽の寝間だった。

もの入れの戸棚がついていて、きれいに畳まれた布団がふた組入っていた。ここには桐《きり》の箪笥があった。抽斗をみると、着物や肌着などが畳まれ、きちんと仕舞われてあった。お末の手になるものだろうと思われた。

茶室は四畳半で、ここの行燈にも灯が入っていた。ほかの部屋と比べるとなんとなく虚《うつ》ろで、囲炉裏灰《いろりばい》のにおいが漂っていた。

床の間には掛け軸も花器もなかった。宗壽が殺されたとき転がっていた小さな柄杓《ひしやく》は、囲炉裏の脇に片づけられてあった。

提灯の灯りで、床板がわずかにずれているのがみえた。

指を掛けたが、あかなかった。板が曲がり、ずれが生じているのか、とも思ったが、気になった。

あのとき、柄杓がそばに転がっていたのを思いだした。

柄杓を手に、柄を板のずれに差しこんで床板を持ちあげるようにすると、床板がはずれた。

「これは……」

行燈を持ってきてみると、地面に厚板の箱が埋めこまれ、蓋《ふた》がついていた。それを持ちあげてみたが、なかは空だった。

宗壽は、大切なものをここに隠していたようだ。

相当の金も隠してあったにちがいない。

宗壽を殺した下手人は、この仕掛けを知っていた。

宗壽が殺された日に、この隠し箱に気づかなかったのは迂闊《うかつ》だったが、陽の光ではわずかなずれがみえず、横から差す行燈の灯りだからみえたのだろう。

「べつに怪しいところはねえようだ」

居間に戻ってきた百合郎が辰五郎にいった。いまの辰五郎に、木箱のことなど話しても仕方がない。

辰五郎は白子屋の脇に片膝をつき、なにやら話していた。

百合郎をみると立ちあがって傍らまでやってきた。

「呑馬のことを聞いてみた。ひとを使い、鎌倉河岸で馬骨という居酒屋をやっているのは探りだせたらしいが、ほかは、どんな生い立ちかも、女房がいるのかどうかも知らないらしい。みかけは、脳天気《のうてんき》な酔っぱらいだそうだ」

「脳天気な酔っぱらいに、人殺しの後始末ができるとは思えねえけどな」

「おれのみた呑馬は、頭のきれる敏捷《びんしょう》な猫のようだったぜ。恐ろしいほどの遣《つか》い手だ」

「おれたちは生きて帰れねえかもな」

冗談ではなかった。神田川から引きあげられた浪人者を斬り殺したのが呑馬だとしたら、とんでもない剣術の名手だ。

三

「顔をみせろ」

突如として声がかかった。

声は庭の方からだった。

濡れ縁に出ていくと、庭のなかほどに立っている二人の人影がみえた。三日月だったが雲間に隠れていて、暗かった。

「白子屋紀左衛門を連れてきたのだろうな」

影がいった。

辰五郎が居間に戻り、白子屋を引っ立ててきた。

白子屋は足が縺《もつ》れ、初冬の風が吹き抜けているというのに、大汗をかいていた。目を瞠《みは》り、辰五郎と百合郎を交互にみながら、なにか叫び声をあげている。

「母は無事だろうな。母に指一本でも触れていたら、許さねえぞ」

辰五郎がいった。先ほどとはちがい、目が狂気を帯びている。

影がもう一人を連れ、百合郎たちから五間（約九メートル）ほどの位置まで歩み出てきた。影は大刀をひと振りだけ腰に佩《は》いていた。

雲が流れ、三日月は薄雲にかかったようで、仄かな明かりが差した。

顔がみえた。

顔の長い坊主頭の後方脇にいるのは、たしかに辰五郎の母だった。うしろ手に縛られ、猿轡を咬まされている。

「おっ母さん、怪我はねえか」

息子に声をかけられた母がうなずいた。

「白子屋をそこから蹴落とせ」

雲が流れ、月明かりがあたりを照らした。

「呑馬か」

百合郎が尋ねた。

「てめえはだれだ」

呑馬が問い返した。

「作州《さくしゅう》浪人、生方市十郎。白子屋の用心棒だ。白子屋が欲しいのなら、おれを殺してから奪え」

百合郎がふわっと庭に降り立った。

「辰五郎の母を殺してもいいのか」

呑馬は大刀をすらりと抜き、母親の首元に刃《やいば》を突きつけた。

「顔をみられたのだから、どうせ皆殺しにするつもりだろう。だったら、まずおれを斬れ。だが、母親を拐《かどわ》かすなど、姑息な手段を使う奴の腕で、果たしておれが斬れるかな」

呑馬がふっと笑った。

「おめえ何者だ。そこいらの浪人じゃねえな」

「宗壽を殺したのは、てめえか。それとも吉辰か」

「そうか、隠密廻りか……生憎《あいにく》だが、おれも吉辰も、宗壽殺しには関わってねえ」

「ではもうひとつ聞く。宗壽の息子、佐左衛門殺しの後始末をしたのはおめえたちだろう。殺したのは宗壽だな」

呑馬の顔がふと引き締まった。

「もしかすると……おめえ、鬼瓦……雁木百合郎か」

「そうだ」

「それなら……」

いうや、呑馬が刀を振った。

「あ……」

百合郎も辰五郎も息をのんだ。

母親が斬られた、と思ったのだ。が、呑馬は刀を振る瞬間棟《むね》に返していたようで、首を打たれた母親はその場に、くにゃっと沈んだ。

――なんという早業だ――。

「おめえとはいつか遣りあうことになるんじゃねえか……ずっとそんな気がしていたのだ」

呑馬がいい、たおれている母親の傍らから、ふっ、と、左脇に身を移した。

辰五郎が敏捷な猫、といった意味がよくわかった。

「動くんじゃねえぞ、安食の辰五郎。動けば母親の命はねえ。おめえを殺してくれと頼まれているのも、忘れちゃいねえからな」

正眼にかまえながら、呑馬がいった。

――辰五郎を殺してくれと頼まれているだと……――。

百合郎には話がみえなかった。

辰五郎に顔を向けた呑馬がにっと笑った。その刹那、右手が動いた。

百合郎には呑馬がなにをしたのかわからなかった。背後でだれかが呻《うめ》いた。目をやると、白子屋の腕に、小柄《こづか》が突き刺さっていた。棒手裏剣《ぼうしゅりけん》のように先を尖《とが》らせ、鍔に差してあったようだ。

「てめえ……ひとの命を弄《もてあそ》びやがって……」

いいながら百合郎が抜き、これも正眼にかまえて対峙《たいじ》した。

雲は抜けたようで、月明かりを受けた呑馬の刀が蒼白《あおじろ》い輝きを放っている。

嘲笑《あざわら》うような顔つきだった呑馬の顔が、ぐっ、と引き締まった。

切尖をおなじ高さにし、互いに微動だにしない。

すうっと雲間に月が隠れた。

そのときを待っていたかのように、呑馬が左に刀を寝かせながら右に飛び、左上方から百合郎の胸を狙って斬りさげた。

百合郎は右肘《みぎひじ》を引いて刃をあわせ、引き、返し、右足を引きながら呑馬の腹を右下から左上に斬りあげた。

呑馬は飛びさがって百合郎の刀を叩き、すっと振りかぶり、上段から斬りおろしてきた。

百合郎は左に飛びながら右上に振り、呑馬の右手を落とすべく振りおろした。

呑馬は右に刀を振って斬りあげ、返す刀をすっとさげて右から左に薙《な》いだ。

百合郎は右手だけで刀を垂直に立て、防いだ。

呑馬が体をあわせてきた。

百合郎の右肩と呑馬の右肩がぶつかり、押しあった。

呑馬の顔が百合郎の顔のすぐまえにあり、相手の息が百合郎の鼻孔をくすぐった。

ぎりぎりと押した。

呑馬の体は細く、力は百合郎のほうが勝った。

強く押すと、呑馬がよろけた。

左足を引きながら左車にかまえた百合郎が斬りあげた。

呑馬が身軽に跳び、百合郎の刃をかわした。

百合郎は、左車のかまえの体で刀は右手に持ち、切尖を呑馬に向けていた。右足が伸び、左膝がやや沈んでいる。

呑馬は下段にかまえを移した。

二人の動きがとまった。

月は薄い雲に隠れているようで、あたりは薄暗いが、相手がみえないほどではない。だがそのとき、さーっと月明かりがあたりを照らした。

百合郎はおのれの額に汗が噴きだしているのを感じていたが、呑馬の額には、汗ひとつなかった。

――強い……――。

あの手塚四十郎が逃げ腰になるのもわかる。

百合郎は動けなかった。動けば斬りこまれる。

百合郎が恐怖を覚えることはなかったが、ああ、おれはここで死ぬのだな、と覚悟した。

母と父の顔が脳裏に浮かんだ。それからお江依の顔が浮かんで消えた。

呑馬は無表情で下段にかまえたまま、微動だにしなかった。

雲が流れている。

月明かりが翳《かげ》った。

闇になった。

だが目は暗闇に慣れていて、相手はみえた。

呑馬が動いた。

下段にかまえていた切尖をすっとあげ、突いた。百合郎が払った。だが百合郎の刀があたるまえに呑馬は右にあげ、斬りこんできた。

よける暇がなかった。

「あ……」

と思ったとき、百合郎は右腕を斬られていた。

痛くもなんともなかった。だが、鮮血が滴《したた》った。

百合郎の刀の切尖がだらりと落ちた。

その刹那、呑馬が切尖を返し、左下から百合郎の首筋を狙って跳ねあげた。

百合郎の首に激痛が疾《はし》った。

だが、呑馬の刀は空中でとまり、ふたたび振りあげようとしていた。

首の激痛は、気のせいだった。

百合郎は立ちあがりざま、呑馬の脇腹を深々と断ち割った。

斬り抜けるとき、呑馬の背後に人の影をみた。

呑馬がくるりと振り向き、その影をみた。

「爺《じい》さん……おめえがなぜ……」

と呟いた呑馬は刀を落とし、しばらく不思議そうな顔で立っていた。

力が尽きたのか、どさりと横にたおれた。

呑馬に爺さんと呼ばれた男が、血に染まった両の手を震わせ、呆然と立っていた。歯も、がちがちいわせている。

「お節……」

爺さんが屈《かが》み、辰五郎の母を抱え起こした。

辰五郎の母親の名を知っているこの爺さんは何者だろう、と思いながら百合郎が呑馬の背中をみると、包丁が突き刺さっていた。

どうやら、おれはこの爺さんに命を助けられたようだ、と考えながら百合郎は安食の辰五郎に顔を向けた。

爺さんはおめえの知りあいか、と目で問おうとしたのだが、辰五郎は母親に顔を向けていなかったし、駆け寄ってくるようすもなかった。

「白子屋……」

辰五郎が叫び、濡れ縁にたおれている白子屋を抱え起こした。

なにか呻いて辰五郎の母親が気づいた。

「お節、なんともないか……」

お節はきょとんとした顔で爺さんをみている。

爺さんがだれかわからないようだ。

百合郎は白子屋が気になり、納刀すると濡れ縁へ向かって駆けた。

「どうしたのだ」

「突然たおれて……」

いって百合郎に顔を向けた辰五郎が、

「怪我してるじゃねえか。斬られたのか」

といいながら白子屋を寝かせ、懐から手拭《てぬぐ》いを取りだして腕を縛ってくれた。

そのことで、はじめて痛みを覚えた。手を握ってみたが、傷は深くなかったようで、指は動いた。

た。

「死んでいる……」

といったとき、辰五郎はすでに庭に飛びおり、母親に向かって走りはじめてい
「白子屋は」

「おふくろ、怪我はないか。なにもされなかったか……」

辰五郎の声が聞こえた。

「優しかったよ」

と、お節は応じている。

百合郎は、小柄でできた白子屋の腕の傷を検《あらた》めたが、それで死ぬほどの傷ではなかった。血もさほど多くは流れていない。

傷口がやや青色を帯びていた。

「これは……」

先の研《と》がれた小柄は腕から引き抜かれ、濡れ縁に放りだしてあった。百合郎はそれを手に取り、においを嗅《か》いだ。

鼻をつんとつくような異臭がした。

「毒が塗られてあったのか……それほど白子屋が憎かったのか……」

白子屋は苦悶《くもん》の表情を浮かべて息絶えていた。

この顔を呑馬がみれば、満足したかもしれない。

「あんた……なの」

というお節の声が聞こえた。

「ここは寒いから……」

いいながら辰五郎が母の手を引いてきた。

爺さんと呼ばれた男もついてきた。

冷たい風が吹き抜けていった。

四

辰五郎の母お節が行燈の火を移して茶室の囲炉裏に火を入れ、湯が沸きはじめていた。

怯《おび》えも疲労感もみえないのは、呑馬が、お節を脅しもせず、食いものも与えていたからだろう。

それぞれになにかを考えているようで、みながじっと囲炉裏の火をみつめていた。辰五郎は、苦虫を十匹ほど嚙み潰《つぶ》したような顔をしている。

その沈黙の重さに耐えきれず、

「なぜおれを助けた」

百合郎が爺さんに尋ねた。

お節が、爺さんに目を向けた。

「あんたを助けたんじゃない。お節を救いだしたかっただけだ。あんたが殺されれば、多分お節も殺される。あんたが殺されたあとで呑馬に近づけばおれも殺される。だから、呑馬の気があんたにだけ向いているときを狙ったのだ」

「呑馬とはどういう知りあいだ」

「おれは呑馬のやっている居酒屋……馬骨に雇われていた、板前だ」

といって爺さんはやや考え、

「三、四日まえから、馬骨を休業にし、なにやら怪しい動きをはじめたので、ずっと尾《つ》け廻していたのだ。お節が拐かされるのもみたが、おれの腕では、救いださせないとわかっていた。それで救いだす機会をうかがって、ここまでついてきたのだ」

といい、言葉を継いだ。

「柳原の土手に呼びだされた呑馬と、浪人の話も聞いた。浪人が、白子屋の秘密を話してくれたら、手を組んでもいい。読売屋のようにはなりたくねえだろう。白子屋は大店《おおだな》だ、百両や二百両の金はいつでもふんだくれるぜ、といったのだが、呑馬は無言のまま、浪人を斬り殺してしまった」

「おめえ、だれなんだ」

百合郎の問いに答えたのは辰五郎だった。

「おれのおふくろを誑《たぶら》かした男だ」

「辰五郎の父親で、清八《せいはち》といいます」

と、うつむいたままのお節がいった。

辰五郎が舌打ちした。

「おれは認めねえぞ。十三歳でおふくろを孕《はら》ませやがって……それからは、おれが追いだすまで、ずっとおふくろの紐《ひも》だったんだ」

「おめえが追いだしたのか」

「ああ、十二のときだった。出ていかねえと殺す、と包丁を手に脅したのだ。刃向かってくれれば本気で殺すつもりだった。あのころのおふくろの苦労をみていたら、働きもしねえで酒を呑んでいるこいつが、我慢ならなかったのだ」

「わたしはべつに気にしてなかったんだけどね」

お節がぽつりといった。

「すまなかった……」

清八がいって頭をさげた。

「なにをいまさら……」

と辰五郎がいい、なにかをたしかめているように、まじまじと清八の顔をみた。

「もしかすると、おれを殺すようにと呑馬に脅迫状を送りつけたのは、てめえか」

辰五郎が怒鳴った。

「すまん。悪気はなかったんだ。馬骨で働いているうちに、呑馬と吉辰の裏稼業を知ってしまった。なんでそういうことをやったのか、わからねえが、気がつくと文を書いて吉辰屋に放りこんでいた。いや、おめえが死ねば、お節と縒《よ》りを戻せるかもしれねえ、と心の隅で思ったかもしれねえが、よくわからねえ。血迷ったとしかいえねえ」

軽く頭をさげながら清八がいった。

「あんた……」

お節が唖然《あぜん》としていった。

「悪気がない奴に殺されてたまるか」

辰五郎が十二で清八を追いだしたのなら、清八は二十五。辰五郎はいま三十代の半ばだろう。すると、清八は五十そこそこのはずだが、六十近くにみえる。浅黒い顔色をしていて、白いものの混じった眉毛が八の字にたれ、光のない小さな目が、ますますうらぶれた印象を与えている。

呑馬で働くまえは、そうとう苦労したのだろう。

「吉治郎が、おめえが狙われているらしいので裏者にあたってみる、といっていたが、そのことと清八が書いた文とは関わりがあるのか」

百合郎が尋ねた。

「多分な。安食の辰五郎を殺せという、こいつが書いた脅迫状を携《たずさ》えた呑馬をおれのもとに連れてきたのは、吉治郎だ」

「なんだと……吉治郎は呑馬を知っていたのか」

「どこで顔見知りになったかまでは聞いてねえが、呑馬が始末屋だったことまでは、知らなかったと思うぜ。知ってたら、あんたに伝えないわけがねえからな」

百合郎が捜していた坊主頭の男を、吉治郎はとっくに知っていた。吉治郎と話していれば白子屋を死なせることはなかったかもしれない。だが百合郎は白子屋の死を悼《いた》んでいるわけではない。

白子屋がだれを殺して『始末屋』に後始末を依頼したのか、それが突きとめられなくなったのを苦々しく思っているだけだ。

できることなら、白子屋を獄門台《ごくもんだい》に曝《さら》し、『始末屋』になにかを頼んだ者がほかにいるなら、いるに決まっているが、そいつらを恐怖のどん底に突き落としてやりたかった。

百合郎の頭に浮かんだのは、質屋の恵比寿屋だが、ほかにもいるにちがいない。

「もうひとつ聞くが清八、宗壽を殺したのはあんたか」

始末屋の内輪《うちわ》揉《も》めで宗壽は殺されたと考えていたが、呑馬は吉辰もおれも宗壽を殺してはいない、といった。それは信用できる。とすれば、なにかの理由で、宗壽を殺した奴がほかにいる。

茶室の隠し箱の存在を知っていたのなら、金欲しさ、ということも大いにありうる。

「宗壽……それはだれだね」

嘘をいっているような顔ではなかった。

「ここがだれの隠居所か知らないのか」

「ただ呑馬の跡をついてきただけだから」

「わかった。それなら早いとこ引きあげよう。あんたらのいざこざは、べつの場所で、家族で話しあってくれ」

「ここはどうするのだ」

　辰五郎が聞いた。

「放っておく。どう解決するかは、月番の北町奉行所に任せておけばいい。おれたちはここにはいなかった。なにも知らない。他言無用。いいな」

　三人を先に帰らせたあと百合郎は、呑馬と白子屋が死んでいるのをたしかめた。死んだ振りをされ、あとで復讐でもされたらかなわない。

　囲炉裏の火は落としたが、燃えかすの薪《まき》はそのままにしておいた。二人を殺したあと、なぜ下手人は茶室の囲炉裏に火を入れたのか、その理由を突きとめるために、北の連中には知恵を絞ってもらいたかった。ものごとは複雑であればあるほど、とんでもない方向に転がっていく。もっとも、囲炉裏の灰がまだ温かいうちに二人の屍体がみつかればの話だ。これだけ片づけてあるのだから、四国屋の奉公人も、お末もしばらくはこないかもしれない。

あたりを見廻し、忘れものや落としものなどがないのをたしかめてから、百合郎は行燈の灯りをすべて消し、宗壽の隠居所をそっと抜けだした。

すでに夜八つ刻（午前二時）をすぎていた。

三日月は雲間に隠れ、闇夜、といってよかった。


木戸のない裏道をとおって屋敷に戻りついたのは、東の空が白々としはじめてきたころであった。

屋敷の門前まできたとき、そこに黒いなにかがあるのが目にとまった。

『始末屋』には呑馬と吉辰のほかにも仲間がいて門前にうずくまり、おれを待ち伏せしているのではないか、と百合郎は警戒した。

刀の柄に右手をかけて鯉口《こいぐち》をきり、ゆっくり歩を進めた。だが、黒いかたまりが動く気配はなかった。

近づくと、まちがいなく人がたおれているのだとわかった。

呻き声のようなものが聞こえた。

鯉口をきったまま片膝を地面につくと、横顔がたしかめられた。

「由良さま……」

たおれていたのは由良昌之助であった。

「いかがなされました」

百合郎に気づいたらしい由良は、力を振り絞るようにして顔をあげ、

「これを頼む……」

といい、書きつけを差しだした。

百合郎が受け取ると、由良はにっと笑い、がくっと地面に顔を落とした。

「由良さま……」

百合郎は鯉口を納めた刀を背に廻し、由良を抱えて門扉を蹴った。

玄関まで駆け、

「母上、起きておられますか」

この時刻なら、母が起きているはずだと思い、玄関先で母を呼んだ。

すぐ格子戸があき、母が顔をだした。吃驚《びっくり》したようだが、すぐ息子の変装だとわかったようで、脇にどいた。

由良を抱えたまま百合郎は玄関に入り、

「江依太を起こしてください」

といった。

その声が聞こえたようで江依太が飛びだしてきた。

「昨夜から寝てませんよ、百合郎さまが心配で……」

「由良さまが門前にたおれておられた。具合が悪そうだ。玄庵医師《せんせい》を呼んできてくれ」

百合郎がいい終わったときにはすでに江依太の姿はなかった。


母に百合郎の寝間に布団を敷いてもらい、由良を横にした。

顔色は土気色で、口のまわりには血がついていたが、微《かす》かに息はしている。

あずかった書きつけを懐から取りだしてみた。なにも書いていない表紙は三分の一ほどが血に染まっている。

ぱらぱらとめくってみた。血で汚れているのは表紙だけだった。

由良がなにをあずけたのか気になり、凧糸《たこいと》で綴《と》じてある三十枚ほどの書きつけに、目をとおした。


「なんてことを……」

柴田玄庵がくるまえに百合郎は湯殿で変装を落とし、呑馬の返り血を浴びた衣装を着替えた。

呑馬に斬られた腕の傷は大したことなく、玄庵に診《み》てもらうほどのこともなかった。

柴田玄庵が駆けつけてきた。

寝かされている由良の脇に座って脈をとった。

由良は目をあけなかった。

玄庵は百合郎を廊下に連れだし、首を振った。

由良は屋敷に戻っていたが、最後の力を振り絞って百合郎に会いにきたのではないか、と玄庵はいった。由良が百合郎に会いたがった理由は尋ねなかった。

由良の屋敷は、百合郎の屋敷から五町（約五百五十メートル）とはなれていなかった。

内儀に知らせて呼び寄せ、由良と二人にした。

半刻（約一時間）ほどしたとき、内儀に呼ばれた玄庵により、由良の死亡が確認された。

由良の遺体が屋敷に引き取られたあと、百合郎は、由良から託された書きつけを江依太にみせた。

「由良さまから、この書きつけを託《ことづ》かった。読んでみろ」

江依太が書きつけを読んでいるあいだ、百合郎は後架《こうか》へと立ち、長々と小便をした。

居間に戻ると、江依太は深刻そうな顔をして書きつけを睨んでいた。

「どうなさるおつもりですか」

「どうなさるか……と問われてもなあ。相手が亡くなったのでは、突っ返せねえしな」

由良が、長屋で殺された浪人者の探索をしていたのは知っていた。

書きつけには、浪人が殺された長屋には神憑《かみが》かりのような少女がいて、浪人を生かしておくとろくなことにはならない、と信じた少女が、夜中に浪人の長屋に忍びこんで刺し殺してしまった。少女を救おうとした差配が、あろうことか、少女の神憑かりを信じていた長屋の住人十三人一人ひとりに、死んだ浪人の腹に包丁を突き入れさせ、十三の傷を作った。

その傷の多さから、浪人は、怨みで殺された、と最初はみていたが、綿密な探索の結果、以上のようなことをつかんだ。

ほかにも細々《こまごま》としたことで外濠《そとぼり》が埋めてあったが、おおよそ、そのようなことが記されてあった。

「これは真実《まこと》のことだと考えられますか」

「由良さまが、明日をも知れぬ命だとわかっていて、全霊をこめて探索なさったのだろうから、ぬかりはねえと思うが、俄《にわか》には信じられねえな」

と百合郎はいい、

「ここまでお調べになったのだから、由良さま本人が片をつけてくださってから……それがいちばんよかっただろうになあ」

と話の穂を継いだ。

「由良さまにはそれをやる暇はあったはずなのに、なぜ下手人をあげられなかったのですかね」

「うむ……」

「いま長屋にいけば、由良さまの葬儀で報告できますね。わたしも昨日、ちょっとしたことをつかんだのですが、それはこの件が片づいたあとでも遅くはありませんから」

百合郎は江依太に目をやり、

「差配と話してみるか」

といった。

浪人が殺されたのは六兵衛店《ろくべえだな》といって、南本所横網町《みなみほんじょよこあみちょう》にあった。

差配は杢兵衛《もくべえ》という名の、実直そうな六十代の男だった。

「わたしにご用とは」

百合郎は、杢兵衛を大川端へ呼びだしていた。冷たい風が吹き抜けていたが、差配の家で話すより、外で話すほうが互いのためではないか、と考えたのだ。差配の家で話せば、どうしても家財道具や、家そのものに未練が残る。

「南町奉行所の役人で、由良昌之助という人物を知ってるか」

百合郎が尋ねた。

「はい、久住又助《くすみまたすけ》さまが殺された件で、何度が訪ねてみえられましたので。由良さまがなにか」

長屋で殺された浪人が、久住又助というのだろう。

「由良さまは、病で亡くなった。きょうの朝方のことだ」

「それは……お気の毒に……」

「それでな、おれがこんなものをあずかったのだ」

といって、由良が百合郎に託した書きつけを杢兵衛にみせた。

「読んでおめえの意見を聞かせてもらいてえのだ」

杢兵衛は怪訝《けげん》そうな顔をしていたが、書きつけを読みはじめた。

読み進むにしたがって顔色が変わり、手が震えた。

読み終わっても書きつけを返さず、血のこびりついた表紙をじっとみている。

「久住さまを殺したのは、わたしでございます」

表紙から目をはなさずに杢兵衛がいった。

「殺したのは、わたしでございます。酔っては長屋の住人に迷惑をかけるのをみかねまして、酔って帰ってきたところをみすまし、夜中に忍んで刺し殺しました。腹に十三の傷をつけたのは、迷惑をかけられた住人の怨みを晴らすためでした」

といい、書きつけを大川に放りこもうとした。

百合郎が杢兵衛の腕をつかんでとめ、書きつけを奪い取った。

「その話で、娘を許すわけにはいかねえなあ」

百合郎がいった。

「わかってください。これで、みなが救われるのです」

「じゃあ聞くが、神憑かりの娘が、次もおなじような殺しをやったら、おめえはどう責めを負うつもりだ。一度ひとを殺すと、次の敷居はかなり低くなるぞ。そのとき、おめえは獄門首で、もうこの世にはいねえ」

　李兵衛は、不安そうな顔で百合郎をみた。

「おめえが獄門首になったあと、長屋の連中は嘘を平気で背負っていけると思うのか」

「それは……」

「一人や二人は、嘘に耐えきれなくなる奴が出てくるんじゃねえか。店子《たなこ》にそんな思いをさせてもいいのか」

　李兵衛が百合郎をみた。目が潤《うる》んでいる。

「おめえは、長屋の連中の絆を深めるため、だれにもなにも喋らせないように巻きこんだのだろうが、そんな苦労を長屋の連中にかけていいのか。長屋の住人を護るのが、差配ってもんじゃねえのか」

　泪《なみだ》が、李兵衛の頬を伝って落ちた。

「娘を連れて自訴《じそ》しろ。お白洲でほんとうのことをいえ。お奉行さまにも、人情はある」

　李兵衛は声を押し殺して泣きはじめた。

「はい……ありがとう存じます。そうします」

震える声でいった。

百合郎が踵《きびす》を返した。江依太もついていった。

「自訴すると、信じてくださるのですか」

背後から杢兵衛が声をかけた。

「おめえは逃げねえよ」

杢兵衛は逃げない、と百合郎はどこかに確信があった。

「由良さまは、なんとかあの少女を救ってやりたい、とお考えだったのでしょうか。それで、下手人や差配のやったことがわかっているのに、捕縛をためらっておられた……」

「由良さまには娘が三人いるからな」

「そうですね……」

それでもやはり、百合郎の判断は正しかった、と江依太は思っていた。

なにに驚いたのか、大川の川面《かわも》を泳いでいた水鳥の大群がいっせいに飛び立っていった。ぎゃーぎゃー啼《な》き叫んでいる。

「聞きこんできたってえのはなんだ」

「大したことじゃありませんが、宗壽には妾《めかけ》がいたらしいと」

「妾なあ……あれほどの身代だから、妾の二人や三人、いてもおかしくはねえけど……」

といって百合郎は腕を組み、

「細い糸だが、会っておいたほうがいいだろうな。住まいはわかってるのか」

と聞いた。

「吉辰屋に出入りしていた読売の書屋、権丈によれば、四年ほどまえから宗壽とはきれて、いまは鎌倉河岸の馬骨とかいう居酒屋で働いているとか」

「なにっ……馬骨だと」

由良昌之助のこともあり、『馬骨』の亭主呑馬に、辰五郎の母親が拐かされたことや、斬り殺したことは、江依太にはまだ話していなかった。

話すと江依太は驚き、

「お節さんはなんともなかったのですか」

と恐怖に充ちた顔で聞いた。おのれが拐かされたときのことを思いだしたようだ。

「わたしには優しく、指一本ふれなかった、とお節はいってたぜ」

「それはようございました」

「狙いは白子屋一人だったのだろう。辰五郎が、逆らわずに白子屋をわたしていれば、呑馬はその場で白子屋を斬り殺し、あとは放っておいて姿をくらましたのではないか、いまはそう思えるが、辰五郎がそんなことをするわけねえか」

江依太はなにか考えているようだった。

「まだあのときのことを夢にみるのか」

「いえ……近ごろはあまり……」

「お節に会いにいくといい」

「はい……わたしもいまそれを考えていたところでした」

終章　お　市

一

権丈が教えてくれた宗壽の妾《めかけ》の住まいは、四軒町《よんけんちょう》にあった。

裏が武家屋敷の塀に接した割り長屋で、玄関のまえが広くとってあった。

「女の名は」

百合郎が聞いた。

「お市……だとか」

洗濯物を取りこんでいた女に、お市の住まいを聞くと、怪訝《けげん》な顔をした女が百合郎と江依太をみた。

江依太をまじまじとみていた女が、百合郎に目を移した。

「お役人さまがわたしになんの用ですか」

「お市か」

「女郎をしていた若いころは、初音《はつね》と呼ばれていたこともありましたけどねえ」

といいながらお市は、洗濯物を素早く取りこんだ。

「立ち話もなんですから、どうぞ……」

洗濯物を抱えたお市は、もの干し場の向かいの、腰高障子《こしだか》があけ放ってあった部屋に入っていった。

百合郎と江依太がつづくと、

「そこいらに座ってくださいな。いま、白湯《さゆ》を差しあげますから」

といったお市は、畳が敷いてある六畳に洗濯物を放り投げ、流しの脇の棚から湯呑みをふたつ取りだした。

土間はひと坪ほどで、竈《かまど》の脇に丸々と太った黒猫が横たわって百合郎たちをみあげていた。全体が真っ黒で、鼻のまわりだけが白い。

帯から刀を抜いた百合郎は、あがり框《かまち》に腰をおろした。

江依太は猫の背を撫《な》でている。

「消炭《けしずみ》というんですよ。馬骨で飼っているんですが、主人と板前が、ぷいとどこかへいっちゃいましてね」

竈にのっていた鉄瓶《てつびん》の取っ手に手拭《てぬぐ》いを巻きつけて白湯を湯呑みに注ぎ入れ、手早くあがり框においた。その動きをみていると、馬骨はお市でもっていたのではないか、と思えるほどであった。

「宗壽の妾だったそうだな」

白湯をすりながら百合郎がいった。

「もう四年もまえに放りだされましたけどね、そのまえの何年間かはずるずると」

「宗壽が殺されたことは知ってるか」

「瓦版で」

「どう思った」

「べつになんとも」

いってお市は土間におり、消炭を抱きあげた。

「宗壽を殺した下手人《げしゅにん》に心あたりはねえか」

「宗壽の旦那《だんな》ときれたのは、四年もまえですから。この四年間、どんな暮らしをなさっていたのかもわかりませんし、心あたりなんて……」

「四年間一度も会わなかったのかね」

部屋を見廻しながら、江依太がいった。

消炭をみて話していたお市が、江依太に顔を向けた。

「ええ、会う必要もありませんでしたから」

「瓦版屋の吉辰は知ってるか」

「ええ、ときどき店におみえになりましたから。無口で、話したことはほとんどないですが、お顔だけは」

「呑馬と吉辰が、始末屋と呼ばれる裏の仕事をしていたことは知っていたか。始末屋の取り次ぎが宗壽だったらしいが」

お市が顔をあげて百合郎をみた。

「始末屋って、なんですか」

消炭が妙な鳴き声をあげ、お市の腕から逃げだした。

江依太はそれをじっとみていたが、

「八幡さまのお札が貼ってあるな」

といった。

消炭が、あいていた腰高障子から、のったりと外に出ていった。

お市は不安そうな顔をしたが、なにもいわなかった。

「西向きの柱に貼ってあるので、今年用だな。宗壽さんの隠居所にもおなじ札が貼ってあったが、あれはおめえさんが貰《もら》ってきて貼ったもんかね」

江依太が尋《たず》ねると、お市が生唾《なまつば》をのみこみ、唇をなめた。

「賄《まかな》いのお末さんは知らないといっていたし、茶器の目利きに訪れる客が八幡さまのお札を持参するとも思えねえのだが……」

「い……いえ……知りません……」

「宗壽さんに、呑馬さんの動きを見張るように命じられていたとか……」

お市の顔が引きつった。

「な……なんで知ってるの……」

「消炭が教えてくれた」

「え……」

「思わず強く消炭を抱くものだから、痛がって逃げたんだよ。経験だけど、不安なとき、生きものを抱くと落ち着くんだよな。消炭を抱いて気を落ち着けていたら、突然始末屋の話をされ、思わず、ぎゅっと力が入った。そうだろう、お市」

お市があがり框に腰を落とした。

「茶室の隠し箱のことも、知っていたのか」

百合郎がいった。

「なんの話ですか。隠し箱なんて……」

百合郎は雪踏《せった》を脱ぎ捨て、座敷にあがった。

百合郎がなにをしようとしているのか、茶室の隠し箱のことを聞いていた江依太は、瞬時に理解した。

「多分、その洗濯物の下でしょうね。玄庵医師《せんせい》から聞いたことがあるのですが、ひとは、隠しものがある場合、おのれでも知らないうちにそれになにかをかぶせようとするって」

江依太がいった。

百合郎は江依太に顔を向けてうなずくと、お市が投げ捨てた洗濯物をどけて畳を剝《は》がした。

「やめて」

お市が叫び、百合郎をとめようとした。

江依太がお市の腕をつかんで動きをとめた。

百合郎が床板を二枚ほどどかすと、床下に半分土に埋まった茶箱がみえた。

蓋《ふた》を取ってみると、書きつけと、目勘定で三百両ほどの金子《きんす》が放りこまれてあった。

「茶室の隠し場所を、これはいい、だれにもみつからない、と考えて真似たのか」

書きつけは宗壽の鑑定書だった。茶器の目利きをしてもらった客に罪を着せようと考え、鑑定書を持ちだしたようだ。

「おめえの長屋の床下からこれが出てきたんじゃあ、いい逃れはできねえな、お市。宗壽を殺したのもおめえだな」

お市は江依太の手を振り払い、畳にすとんと腰を落とした。

「呑馬は信用できる男だとわかった。もうおまえに用はないから、好きなところにいけ、と宗壽の旦那はいって、わたしのまえに十両を放りだしたんだよ。わかるかい、そのときのわたしの気持ちが。十年近く尽くしてきたのに、もう用はないから出ていけって、しかも十両ぽっちで」

お市は天井をみあげて溜息をついた。

「殺すつもりなどなかったけど、なんだかむしゃくしゃしちまって……気がついたら、包丁で背中を刺していたのさ。あとは憶えてないねえ」

消炭が戻ってきた。それをみたお市が、

「ふん、あんたのせいで、みんなばれちまったじゃないか、恩知らずの愚図猫《ぐず》」

といい、なにかを投げつける真似をした。

それを庇《かば》うようにして江依太が消炭を抱きあげた。

「憶えてないわりには、盗人《ぬすっと》が入ったように小細工してたじゃねえか」

「はっと気がついたら、旦那が血を流して死んでいたのさ。そこでなぜか、殺された佐左衛門の部屋が荒らされてたって聞いたことを思いだしちゃってさ。だれかが思いださせてくれたんだろうね。だから、宗壽の部屋を荒らしたのもわたしじゃないよ。だれかにやらされたんだよ。逃げるとき、茶室の箱から金と鑑定書を盗んできたのも、だれかが金を持っていけ、っていったから。わたしがやったんじゃないんだよ。お奉行さんにもそういっとくれな」

お市は百合郎に目を移し、

「ほら、ごらんよ。わたしがそんなことするような女にみえるかい」

といい、にこっと笑った。

二

「呑馬に辰五郎親分のおっかさんの店のことを洩らしたのは、あっしです」

吉治郎がいった。

百合郎と吉治郎と江依太は、辰五郎の母、お節の店『麦屋』に呼ばれ、昼餉《ひるげ》を馳走《ちそう》になっていた。

由良昌之助の葬儀は、五日まえにすんでいた。

江依太はお節と話をしていて、座敷にはいなかった。

「気にするな。おめえが話さなくても、あいつならどこかで探りだしていただろうぜ」

辰五郎がいった。

「そういっていただくと……こういっちゃなんでございますが、あっしは、あの呑馬って男が好きでした。無論、やってたことは許せませんが」

「そうだな、あいつが居酒屋の亭主だけだったら、あるいはおれも馴染《なじ》みになってたかもしれねえ。おふくろも、客のような扱いを受けたといっていたしな」

刃《やいば》を交えただけの百合郎には、なんともいえなかった。だがあれだけの腕をどこで身につけたのだろう、という興味はあった。知っていそうなのは吉辰だけだが、吉辰に聞くわけにはいかない。

息子の力弥が自死した恵比寿屋豪右衛門に不審な動きはなかった。

『始末屋』が死んで、おのれと始末屋の関わりを知っている者はいなくなった、と考え、肚《はら》を据えたのだろう。

張りついていても仕方がない、と百合郎は判断した。

「ごめんください」

廊下で声が聞こえて障子があくと、そこに、辰五郎の父親の清八が座っていた。

「その節はお世話になりました。おいでだとお聞きしたものですから、ご挨拶《あいさつ》にと……」

廊下に両手をつき、頭をさげた。

どうぞごゆっくり、といって清八が障子を閉めた。足音が遠ざかった。

辰五郎が忌々《いまいま》しい顔をして障子を睨《にら》んだ。

「話がついたようだな」

「つくもなにも、おれは許しちゃいねえが、あの野郎、板前見習いとして居つきやがった。嬉《うれ》しそうなおっ母さんの顔をみたら、無下《むげ》に反対もできねえしな」

吉治郎が百合郎の顔をみた。

百合郎は、あいつに聞け、というように、辰五郎に向かって顎《あご》をしゃくった。

「お節に話を聞いてもらったのか」

帰り道、百合郎が江依太に聞いた。

吉治郎は、辰五郎から話を聞くというので『麦屋』に残っていた。

「消炭の話ばかりしていました」

江依太は晴れ晴れとした顔でいったが、目には、泣き腫《は》らした跡があった。

太っちょ猫の『消炭』は、雁木屋敷で飼われることになった。

コスミック・時代文庫

鬼同心《おにどうしん》と不滅《ふめつ》の剣《けん》
始末屋異変

2022年2月25日　初版発行

【著 者】
藤堂房良《とうどうふさよし》

【発行者】
杉原葉子

【発 行】
株式会社コスミック出版
〒154-0002 東京都世田谷区下馬 6-15-4
代表　TEL.03(5432)7081
営業　TEL.03(5432)7084
　　　FAX.03(5432)7088
編集　TEL.03(5432)7086
　　　FAX.03(5432)7090

【ホームページ】
http://www.cosmicpub.com/

【振替口座】
00110-8-611382

【印刷／製本】
中央精版印刷株式会社

乱丁・落丁本は、小社へ直接お送り下さい。郵送料小社負担にて
お取り替え致します。定価はカバーに表示してあります。

ISBN978-4-7747-6355-2 C0193